O melhor de nós

Victoria Cunha

| TEMPORADA

Copyright © 2021 by Editora Letramento
Copyright © 2021 by Victoria Cunha

Diretor Editorial | **Gustavo Abreu**
Diretor Administrativo | **Júnior Gaudereto**
Diretor Financeiro | **Cláudio Macedo**
Logística | **Vinícius Santiago**
Comunicação e Marketing | **Giulia Staar**
Assistente Editorial | **Matteos Moreno e Sarah Júlia Guerra**
Designer Editorial | **Gustavo Zeferino e Luís Otávio Ferreira**
Revisão | **Daniel Rodrigues Aurélio**
Capa e Ilustrações | **Prin Viseu**
Diagramação | **Isabela Brandão**

Todos os direitos reservados.

Personagens e eventos retratados neste livro são fictícios. Qualquer semelhança com pessoas reais, vivas ou falecidas, é coincidência e não é intencional por parte da autora.

Nenhuma parte deste livro pode ser reproduzida ou armazenada em um sistema de recuperação, ou transmitida de qualquer forma ou por qualquer meio, eletrônico, mecânico, fotocópia, gravação ou outro, sem a permissão expressa por escrito da autora.

A violação dos direitos autorais é crime estabelecido na lei nº 9.610/98 e punido pelo artigo 184 do Código Penal.

Dados Internacionais de Catalogação na Publicação (CIP) de acordo com ISBD

C972m	Cunha, Victoria
	O melhor de nós / Victoria Cunha. - Belo Horizonte : Letramento ; Temporada, 2021.
	158 p. ; 15,5cm x 22,5cm.
	ISBN: 978-65-5932-053-0
	1. Literatura brasileira. 2. Intercambio. 3. Viagem. 4. Adolescente. 5. Cultura. I. Título.
2021-1846	CDD 869.8992
	CDU 821.134.3(81)

Elaborado por Odilio Hilario Moreira Junior - CRB-8/9949

Índice para catálogo sistemático:
1. Literatura brasileira 869.8992
2. Literatura brasileira 821.134.3(81)

Belo Horizonte - MG
Rua Magnólia, 1086
Bairro Caiçara
CEP 30770-020
Fone 31 3327-5771
contato@editoraletramento.com.br
editoraletramento.com.br
casadodireito.com

Temporada é o selo de novos autores do Grupo Editorial Letramento

Playlist

O melhor de nós foi construído durante longas sessões de escrita, sempre acompanhadas de muita música. Caso tenha interesse, montei uma lista no Spotify com todas as músicas citadas no livro, assim como algumas que serviram de inspiração ou possuem alta relevância na história.

Para curtir as músicas que fizeram parte do intercâmbio da Sophia, aponte a câmera do seu celular para o código a seguir ou pesquise "O melhor de nós - livro" na busca do Spotify ou Apple Music.

bit.ly/OMelhorDeNos

A todas as pessoas que já fizeram um intercâmbio cultural e sentiram suas vidas virarem de cabeça para baixo.

Às que ainda não tiveram a oportunidade: não percam tempo.

Prólogo

Eu estava há aproximadamente 47 minutos sentada em frente à tela brilhante de meu computador, com uma página em branco aberta esperando minha mente trabalhar e minhas mãos se moverem até o teclado, na esperança de finalmente conseguir colocar palavras para fora. Eu deveria estar focando no trabalho e otimizando meu tempo, mas ainda é um pouco assustador olhar em volta e ver o que conquistei.

Este loft nunca me pareceu tão silencioso antes. Mesmo com o último disco do Vance Joy tocando ao fundo, um vazio sem graça toma conta do meu lugar preferido na cidade e me deixa sem forças, sem vontade e, infelizmente, sem palavras. Depois de tantos anos tentando chegar nessa situação, tanto tempo dedicado a um só sonho, tantas experiências diferentes (boas e ruins), ainda é surreal acreditar que estou realmente aqui. A ficha não caiu, mas assim que ela cair vou ter a certeza de que querer é poder.

Era minha quarta semana no time de redação do *Chicago Tribune*, o principal jornal de Chicago. Era minha quarta semana vivendo em um loft, daqueles que a gente via em séries da Netflix e sonhava em ter um. Era minha quarta semana como moradora da capital de Illinois, um dos estados mais lindos de todos os Estados Unidos. E era minha quarta semana imaginando o que vai ser de mim nos próximos dias, meses e anos. Estava prestes a começar a escrever minha primeira matéria, que ia ser publicada na edição do mês seguinte, mas, por alguma razão, as palavras pareciam não querer sair de mim. Elas ficavam presas, acorrentadas, e não se soltavam de jeito nenhum. Já tinham se passado 63 minutos e nada.

Ouvi uma batida na porta, mas não dei bola. Afinal, eu só conhecia quatro pessoas na cidade que sabiam meu endereço – a Bia, que havia feito intercâmbio comigo para a Europa e me ajudou na mudança; o Jim, que trabalha no café aqui embaixo e me ajudou quando não conseguia ligar a Wi-fi, mas que estava viajando com a namorada e meu chefe, que não viria à minha casa por motivo algum. Wes, meu colega de apartamento, estava passando o mês na Austrália, então a não ser que seja algum amigo dele que não sabia que ele estaria fora, não tinha muita opção de visitas nesse dia. Não era possível entrar no meu prédio sem a chave, então imaginei ser um vizinho. Ignorei a primeira batida, mas ela foi só se intensificando. Em pleno sábado à noite? Quem estaria em casa? A curiosidade falou mais alto e fui abrir a porta.

Má ideia.

Péssima ideia.

Era ele.

A única pessoa que eu não queria ver no resto da minha vida estava ali, parada, na minha frente. Encharcado da chuva que eu nem percebi que estava caindo.

Ficamos parados um na frente do outro nos olhando, por uns três minutos.

– Liam?

Completamente assustada e confusa com a situação, seu nome foi a única coisa que saiu da minha boca. Ele começou a tremer de frio, provavelmente pela roupa pingando de tanta água acumulada, então não hesitei e o convidei para entrar enquanto pegava uma toalha, um cobertor e a maior blusa que eu tinha no armário. Foi só na hora que entreguei a ele que percebemos: era a mesma blusa que ele havia me dado oito anos antes, quando nos vimos pela última vez. Ele sabia que eu o achava lindo com aquele casaco, então acabou me dando de presente, para que eu sempre tivesse um pedaço dele comigo. Eu realmente adorava quando ele arregaçava as mangas até o cotovelo, e aquele casaco azul escuro com listras amarelas e vermelhas no centro continuava combinando muito com seus cabelos, mesmo tantos anos depois.

Ele se trocou enquanto eu esquentava o leite, e somente quando lhe dei a caneca e nos sentamos no sofá que trocamos as primeiras palavras.

– Tá tudo bem? – comecei perguntando. Ele não parecia nada bem, com o rosto vermelho de quem havia chorado por semanas.

— Nunca esteve, Soph... — ele me disse com os olhos cheios d'água e voz de quem tinha o coração apertado, sem olhar diretamente para o meu rosto.

Cheguei mais perto e dei a mão a ele, numa tentativa de demonstrar que eu estava ali por ele, não importava o que tivesse acontecido nos últimos anos. Apesar de tudo, sempre tivemos muito carinho pelo outro.

Continuei a olhar para ele, apertando sua mão para aquecê-lo, esperando pela continuação da sua frase.

— Eu não converso com você há anos, me sinto envergonhado de aparecer assim na sua frente, sem aviso prévio, mas eu simplesmente não conseguia mais. Não conseguia suportar o fato de que você estava morando a poucos quarteirões de mim, sem ter ideia de como você estava... Sem saber se você me aceitaria de volta em sua vida. Eu cheguei hoje da Alemanha e vim direto te ver.

Ouvi isso com vontade de largar tudo e cair em seus braços novamente, mas sabia que precisava ouvir tudo que ele tinha a dizer antes. E, principalmente, dizer o que eu achava válido sobre todos os momentos que tivemos (e não tivemos) juntos. Mas eu não conseguia produzir nenhum som. Não sabia o que dizer, então optei por deixá-lo terminar.

— O que acontece, Soph, é que eu nunca te esqueci. Eu fingia a mim mesmo que isso acontecia, para poder deixar com que meu coração aceitasse a Hailey, já que era tudo que eu podia ter longe de você. Quando voltei para Chicago, procurei em todas as pessoas tudo que pudesse me lembrar de você. Eu sabia que nós não poderíamos ficar juntos naquela época, então busquei por uma alternativa de felicidade. Procurei por uma versão americana da Sophia que eu conheço, e não sei porque achei que a Hailey fosse a melhor opção, porque ela é claramente o seu oposto. Ela gosta das mesmas coisas que a gente, é muito simpática e educada, mas ela não é você. Ela não tem o poder de fazer as pessoas sorrirem igual você tem, e, convenhamos, você não é controladora igual a ela. Nela eu encontrei somente o seu exterior, o resto enfiei na minha cabeça que era aquilo que eu queria, quando, na verdade, era só você. É como se eu tivesse colocado meu sentimento por você pra dormir e tivesse ido em busca de algo novo, porém com todas as suas características. O fato é que deixei esse sentimento dormir por mais tempo que o esperado, e agora com você morando na mesma cidade que eu, ele acordou.

Agora sim eu estava surpresa. O que foi isso? Uma declaração de filme? Na cidade dos meus sonhos? Com o cara dos meus sonhos? Eu tinha que manter a pose e fingir que não estava tendo um surto internamente.

– Liam... Não sei nem o que falar. Você me pegou muito de surpresa, eu não... – comecei a organizar meus pensamentos, mas fui interrompida por um pedido calmo e sincero.

– Você não precisa dizer nada. Eu só te peço uma coisa: me aceita de volta? Eu sei que errei, assumo meus erros e estou pronto para acertá-los. Portanto te peço essa oportunidade de te conquistar de volta, não como namorada, mas como pessoa. Quero abraçar essa oportunidade e provar a você e a todos que perdi no caminho que eu ainda sou o antigo Liam que gosta de jogar *flunkyball*, que dança na rua e que não se preocupa com o que os outros pensam de mim. Me dê essa chance de voltar à sua vida e eu te prometo que um dia pagarei por tudo que te fiz passar.

A verdade é que eu não queria dar uma chance a ele.

Eu queria dar todas as chances do mundo.

OITO ANOS ANTES

Acho engraçada essa coisa de fazer uma festa na cidade só porque é aniversário do prefeito. Assim, meus parabéns e tudo, mas uma festa na cidade inteira? Gastando dinheiro público com montagem de barracas e som? Nem é como se fosse aniversário da cidade, é só do prefeito mesmo. Bom, não posso reclamar, me interessei imediatamente no programa quando soube que ia ter comida de graça.

O lugar estava bem bacana – barraquinhas montadas ao longo da avenida principal, crianças expondo trabalhos feitos nas aulas de arte do último ano letivo, cachorros soltos pelas ruas sem a menor preocupação e, claro, muitas opções de comida. Eu até perdi a conta de quantos apfelstrudel comi, mas é simplesmente impossível resistir àquela tortinha folhada de maçã. Se tem uma coisa que os alemães sabem é fazer festa. Bom, pelo menos aqui na região de Lingen, também conhecida como a mais amigável do país, algo que pode ou não estar conectado com a informação de também ser a área onde mais se consome bebida alcoólica em toda a Alemanha.

Eu nem pertenço à essa cidade, mas quando o pai hospedeiro da Alice me convidou para acompanhá-los na festa, me pareceu uma boa ideia. O que mais eu poderia fazer num fim de tarde de sábado, no meio do verão europeu, depois de participar de um treinamento intensivo no *Grafschafter Nachrichten*, o principal jornal da região? É, até que eu merecia algumas cervejas geladas.

Eles me buscaram de carro e continuamos por mais 40 minutos na estrada. Durante a viagem, pude perceber como a Alice se dava bem com aquela família. Ela também é brasileira, mas veio para cá para fazer intercâmbio de um ano, e está morando com uma família incrível que realmente a considera como uma filha. É uma pena que ela vá embora no próximo mês, porque, até agora, é a única pessoa com quem consegui ter uma proximidade sincera.

– E você, Sophia, volta quando para o Brasil? – perguntou Berndt, o pai hospedeiro de Alice. Em inglês, claro, já que eu mal sabia contar até o número dez em alemão.

– Daqui a um mês... Meu programa dura seis semanas, e essas duas semanas iniciais foram bem intensas no jornal, então mal consegui conhecer a região e fazer muitos amigos. Obrigada pelo convite de vir com vocês, aliás!

– Sempre que precisar. E digo isso de forma séria, ok? Não hesite em me contatar se precisar de qualquer coisa. Depois peça à Alice o meu número!

Berndt parecia ser um pai divertidíssimo. Perdeu a esposa e mãe de seus três filhos há quatro anos e, por isso, a gente tem aquela dó imediata quando o conhece. Mas bastam poucas palavras para ver que ele é apenas um pai solteiro, que se importa muito com os filhos e tenta manter viva a presença da mãe que se foi.

Algumas horas depois de chegarmos ao centro da cidade, ouvi algumas pessoas conversando em inglês e logo fiquei de olho. Não era comum ouvir idiomas diferentes no interior da Alemanha, então fiz questão de prestar atenção e conhecer quem quer que fosse a pessoa estrangeira por ali. Como as cervejas que tinha tomado escondida já haviam feito história no meu estômago, abordei o grupo de forma desinibida, mesmo sabendo que não devemos conversar com estranhos dessa forma.

– Oi gente, ouvi vocês conversando em inglês e queria saber quem é o estrangeiro daqui, pois eu também sou.

Quatro pessoas me enviaram olhares de reprovação, e uma começou a gargalhar.

– Sou eu! Prazer, meu nome é Liam. Sou dos Estados Unidos, e você?

– Ah, oi, american boy! – disse zombando, com um sotaque texano que aprendi assistindo a um seriado péssimo que passava na TV. Acho que já era hora de parar com a cerveja... – Sou a Sophia, sou do Brasil. O que você faz aqui na Alemanha?

— Estou fazendo um intercâmbio de um ano aqui em Lingen. E você? Tem certeza que é brasileira? Seu sotaque é muito bom!

— Ah, bem, obrigada... – senti minhas bochechas corarem, sem saber ao certo se era pela quantidade de álcool ingerida na noite, pelo elogio, ou só pelo fato desse tal de Liam ser um dos caras mais bonitos que já vi na vida. — Também faço intercâmbio aqui na região! Estou ficando em Veldhausen, um vilarejo a uns 30 minutos de carro daqui. Há quanto tempo você está na Alemanha?

— Cheguei no início de junho, já tem quase um mês, mas vou embora só em julho do ano que vem. E você?

— Estou aqui há duas semanas, não conheço muito a região e nem as pessoas, muito menos falo alemão. – soltei uma risadinha e um leve olhar de desespero ao ver o meu redor. Como eu vim parar no interior da Alemanha? Eu tenho só 16 anos! — Estou participando de um programa intensivo de jovens estrangeiros nos jornais alemães e acabei caindo no *Grafschafter Nachrichten*, o jornal aqui da região. Pretendo cursar Jornalismo na faculdade, e achei que um mini-intercâmbio deste poderia ser bom para o meu currículo.

— Uau! Eu nem sabia que existia isso aqui, ainda mais por ser uma região tão... pequena e isolada – disse Liam com o volume baixo, para ninguém ouvi-lo zombando da cidade. A voz baixa e rouca dele ficava cada vez mais sensual.

Nesse momento já éramos apenas nós dois conversando – as demais pessoas já tinham desistido de se manter no assunto. Acho que quando duas almas intercambistas em um país novo se encontram, é difícil separá-las cedo. Os sentimentos, as descobertas e as emoções de sair da zona de conforto só podem ser entendidas por outro estrangeiro.

Ficamos encostados na parede lateral de uma das barracas de bar por algumas horas, conversando sobre tudo e nada. Tudo que deixamos para trás nos nossos respectivos países, tudo que sonhávamos em conquistar na vida. Nada que havíamos pensado que poderia acontecer fora de casa, nada que queríamos que acontecesse. Ele me contou sobre sua família – a real, que ficou em Chicago; e a atual, que o adotou na Alemanha – seus amigos, e sua namorada. Eu contei da saudade que sentia da minha cachorra e da minha irmã, e das amizades alemãs que pretendia fazer no programa. Discutimos sobre comidas alemãs, americanas, e ele prometeu que um dia me visitaria para provar as especiarias brasileiras. Fiquei até ansiosa para ver se ele vai gostar de pão de queijo e pastel, que, além de serem meus lanchinhos brasileiros preferidos, era também o que eu, modéstia à parte, fazia muito bem.

Ainda falamos muito sobre música, viagens, livros, e sinto que poderíamos passar incontáveis horas ali conversando, trocando de assunto entre uma cerveja e outra, até que fomos interrompidos pela Alice dizendo que seu pai logo nos levaria de volta para Veldhausen. Liam e eu nos despedimos, e foi só dentro do carro, quando tocou "80 Millionen" na rádio, uma música alemã que nós dois consideramos a melhor da época, que me dei conta que fui embora sem pegar seu número. Perguntei ao Berndt se ele conhecia as pessoas que estavam com Liam na festa, mas não reconheceu ninguém. Cheguei a questionar se eu deveria mesmo procurá-lo nas redes sociais, se isso não era meio doentio. Afinal, eu havia tomado umas boas cervejas. Ao mesmo tempo pensei que, se eu fui cara de pau o suficiente para me apresentar para completos estranhos, não estaria cumprindo o papel de menina esquisita se não o encontrasse on-line.

De: Liam Baker
Para: Sophia Duarte

caramba! como você me achou? foi rápida, hein?

De: Sophia Duarte
Para: Liam Baker

convenhamos que não é tão difícil, vai! liam não é um nome comum na alemanha, então pesquisei pelo nome e pela cidade no facebook e reconheci a foto rapidamente.

De: Liam Baker
Para: Sophia Duarte

e essa sua foto está muito diferente, você está de cabelo curto! não consigo te imaginar sem os cabelos longos de agora. tudo bem que eu te conheci hoje, mas mesmo assim.

De: Sophia Duarte
Para: Liam Baker

é, tem alguns bons anos... eu até sinto falta do cabelo curto, mas o atual me deixa fazer penteados diferentes, é como se eu tivesse um cabelo novo todo dia.

De: Liam Baker
Para: Sophia Duarte

nossa, é verdade. ter cabelos longos assim deve ser no mínimo divertido. esse penteado de hoje tem algum nome? achei bem interessante, parece difícil de fazer. queria ter a oportunidade de mudar assim também. meu cabelo não tem a menor graça com esse corte clássico.

De: Sophia Duarte
Para: Liam Baker

hoje eu estou de tranças boxer. tem esse nome porque é um penteado que prende muito bem o cabelo e ele não bagunça fácil, então as mulheres passaram a usar durante as lutas de boxe — daí o nome tão óbvio.

De: Liam Baker
Para: Sophia Duarte

e seu cabelo é bonito, sim. tem um tom diferente. não é nem loiro, nem ruivo, e nem castanho. achei interessante.

    Poucos minutos depois e já estávamos discutindo sobre cabelos, penteados e diferenças entre xampus. Depois ainda falamos das diferenças entre colégios americanos, brasileiros e alemães. Essa conversa não parecia acabar tão cedo.

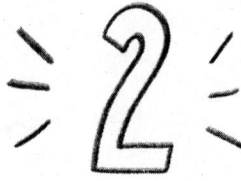

Eu nem sei colocar em palavras o tanto que aprendi nas últimas duas semanas e meia. O treinamento intensivo no *Grafschafter Nachrichten* acabou e as coisas ficaram mais tranquilas, mas era tudo meio intimidador ainda. Quer dizer, eu estava fazendo um pequeno estágio em um jornal no interior da Alemanha. E em duas semanas acompanhando o time de redação, tive a oportunidade de contribuir no desenvolvimento de uma matéria importantíssima para a região. Veldhausen fica na fronteira com a Holanda, então algumas edições do jornal também são feitas em holandês e inglês, quando alguma notícia ou matéria diz respeito ao país vizinho.

Nesse mês, o caso da pequena Nienke foi solucionado – a garota de 3 anos havia desaparecido na Itália há quase um ano. Eu me lembro das manchetes sobre seu sumiço ainda no Brasil, e jamais pude imaginar que eu participaria de um jornal trazendo a notícia em primeira mão. Oldenzaal, sua cidade natal, é muito perto de Veldhausen, então este mês teremos uma edição especial voltada para a história de Nienke, com entrevistas feitas na Holanda, o que me rendeu uma viagem incrível até lá.

De: Liam Baker
Para: Sophia Duarte

ficou sabendo que a Nienke Bakker foi encontrada e voltou pra casa essa semana? acredita que quando eu cheguei na alemanha, muitas pessoas me perguntaram se eu era parente dela? na época, eu nem sabia quem era a garota, e hoje estou comemorando o fim do mistério.

De: Sophia Duarte
Para: Liam Baker

sim!!! não só fiquei sabendo, como participei de entrevistas na cidade dela! o GN vai lançar uma edição especial sobre o caso na próxima semana e eu fui até oldenzaal entender mais sobre tudo. pena que foi rápido, já estou no trem de volta para casa :(

De: Liam Baker
Para: Sophia Duarte

meu deus! que máximo!!! como foi? você chegou a conhecê-la?

— Nem precisa terminar de digitar, pode me responder pessoalmente mesmo.

Nesse momento tomei um susto do tamanho de um arranha-céu de Dubai quando vi Liam pulando na minha frente no vagão do trem.

— Opa, oi! Que susto! Eu achei que você ainda estivesse na Itália... – respondi, já que havíamos conversado há poucos dias sobre como ele estava surtando em uma viagem de família com várias brigas e discussões entre os irmãos.

— É, nosso voo de depois de amanhã foi cancelado e só conseguimos o de hoje. Quando li sua mensagem dizendo que estava voltando de Oldenzaal me perguntei o porquê de achar aquele nome conhecido... Aí lembrei que era uma das paradas do trem, e vim te procurar!

— Nossa, que coincidência! Estes são meus colegas do trabalho: Cristin, Helen, Kira e Lennard. Eles também são estagiários do GN, eu sou a quinta integrante, do programa de estrangeiros.

— Oi pessoal! Sou o Liam, provavelmente o único outro gringo da região. Sou dos Estados Unidos, moro em Lingen, e acabei ficando amigo da Soph para fundarmos o Clube dos Estrangeiros Solitários.

Eu sempre amei apelidos. Invento os mais diversos para os meus amigos, perco a noção da criatividade, e gosto de chamá-los de algo único. É como uma nova identidade para cada um deles – é o que eles representam para mim. A Maclá, por exemplo, minha irmã e melhor amiga, sempre foi Cacá, Má, ou só Maria ou Clara entre os amigos e família. Eu sou a única a chamar de Maclá, e é como se só eu a conhecesse daquele jeito. E de uma certa forma, é verdade. Eu a enxergo de um jeito singular e exclusivo. E ao ouvir o Liam me chamando de Soph, eu percebi uma nova Sophia. A Sophia dos olhos dele. Ou melhor, a Soph.

"Soph". Parece esquisito. Mas no sotaque americano dele até que ficava bonitinho.

– Ops, só um minuto, minha namorada está me ligando. Vou aproveitar para voltar ao vagão onde está minha família, eles ficam meio preocupados comigo... Mas, ei, amanhã vai rolar um encontro dos intercambistas da região lá no clube de Lingen, é uma coisa que a Youth Travel organiza para nos conhecermos melhor, ficarmos amigos e compartilharmos sobre as nossas culturas. Acho que seria legal se você fosse! Vou conversar com o diretor de eventos e ver se descolo uma brecha. Te aviso por mensagem se dá pra você ir, ok? Tchauzinho! Oi, amor! Que saudade! (...) – ele falou tudo meio rápido e com pressa para atender o telefone, então não consegui entender tudo, mas prestei atenção na parte que importava: um programa perfeito para a tarde de amanhã.

Eu não tinha dúvidas de que queria ir, aliás, estava bem animada para passar um dia no clube – não lembro a última vez que coloquei um biquíni e entrei numa piscina. Além disso, estava com saudade de falar português, e provavelmente haveria algum brasileiro por lá, afinal, estamos em todos os lugares, né? Eu só não sabia como desmarcar o combinado com a Alice e o Berndt. No último fim de semana, havíamos marcado de passar o sábado maratonando filmes do Tarantino, que era o diretor preferido da Alice, e eu estava realmente muito empolgada para isso. Eu só havia visto um filme dele na vida e foi aqui na Alemanha mesmo, com a Alice. Confesso que sempre tive uma certa preguiça dos mais famosos, é muito tiro, porrada e sangue, prefiro seguir com meus romances adolescentes ou investigações policiais malucas. Mas havíamos feito o trato. Afinal, no domingo passado os convenci a assistir a série nova do Netflix que se passa numa cidade pequena e tem crianças com poderes sobrenaturais. Eu precisava compensar.

Depois de mais 40 minutos no trajeto até minha casa, variado entre um trem, um ônibus e uma carona, eu ainda não tinha pensado em uma desculpa boa o suficiente para furar o combinado com eles. Era o último fim de semana da Alice aqui na Alemanha, ela estava bem triste de ir embora, e pareceu bastante feliz com o programa. Como dizer não a uma cinéfila de carteirinha que te convida a assistir filmes e promete um banquete alemão? Era uma tarefa difícil, e odeio pensar que eu queria trocar um programa com uma amiga por um garoto que eu mal conhecia. Eu sei que era um encontro de jovens intercambistas, e que com certeza sairia de lá com alguns amigos, mas não posso mentir para mim mesma: o Liam era muito divertido.

Além de lindo pra caramba.

Quando Liam falou que a festa iria acontecer em um clube, eu consegui imaginar como seria: sol batendo forte, algumas piscinas no centro, cada uma com uma profundidade diferente, espreguiçadeiras nas beiradas, e uma lanchonete ou bar em algum dos cantos. Bom, essa é a visão que tinha no meu imaginário, que se baseia no Brasil. Acontece que os clubes alemães são bem diferentes: a maioria das piscinas ficavam num espaço coberto, onde a luz do sol não alcançava, e não tinha um bar ou lanchonete, apenas um restaurante, que ficava em outro andar do pequeno prédio. Havia, sim, uma área externa para os dias de sol, que aparentemente eram poucos, mas era uma piscina média, que juntava crianças, jovens e adultos.

– Nem acredito que vocês realmente vieram! – disse Liam com empolgação. Não pude deixar de reparar a cerveja na mão dele. Ele claramente adorava o costume alemão de beber cerveja em qualquer ocasião.

– Quando eu cheguei em casa ontem depois de te encontrar no trem, Alice logo me ligou para me convidar a vir. Ela disse que já tinha até conversado com o diretor, então estava tudo confirmado. Obrigada pelo convite, mesmo assim!

– Não foi tão difícil convencer essa garotinha aqui... Eu recebi o convite da Youth Travel na quarta-feira, mas ainda não sabia se daria tempo de vir, e só ontem resolvi que seria interessante conhecer os novos intercambistas da região. Meu ano está acabando, e o de vocês está só começando. Acho que tenho algumas dicas para dar. – Alice terminou a fala com uma piscadinha no olho, o que provavelmente significava algo relacionado a festas, viagens, e coisas escondidas da agência.

Toda a minha preocupação de desmarcar a maratona de Tarantino foi à toa. Quando Alice atendeu ao telefone dizendo "tenho uma proposta", eu sabia que algo legal surgiria da conversa. O convite não era apenas para passar a tarde no clube, e sim passar o fim de semana inteiro com essas pessoas. Um evento chamado popularmente de "treffão" entre os intercambistas, com várias atividades para todos se conhecerem e interagirem.

– Onde podemos deixar nossas mochilas? – eu queria muito dar um pulo na piscina.

Depois de me maravilhar com a qualidade do vestiário, que continha duchas, secadores de cabelo, sabonete, xampu, condicionador e até uma centrífuga para secar as roupas de banho, voltei à área externa e vi que a quantidade de gente ali já tinha dobrado. Reconheci algumas bandeiras brasileiras, colombianas e sul-africanas, e questionei o motivo de as pessoas andarem com bandeiras amarradas nos pescoços e nas bolsas. Alice me explicou que no início do intercâmbio são tantas pessoas para conversar, que às vezes elas usam algum elemento do país para já identificar conterrâneos, e assim também não correm o risco de julgar alguém pela aparência. No primeiro encontro dela, por exemplo, ela tinha certeza que uma garota chamada Karina era peruana, julgada puramente pela sua aparência física e nome, mas na verdade ela era da Noruega, descendente de indianos.

Liam nos encontrou, um pouco perdidas em meio a tanta gente, e nos levou para buscar uma cerveja e comer. Parece que eles haviam convencido o pessoal do clube a montar uma barraquinha perto da piscina externa com algumas cervejas e cachorros-quentes, com a promessa de que não sujariam a borda da piscina de comida e não iriam entrar na água com bebida na mão em hipótese nenhuma. Eu logo vi que isso não daria certo, mas aproveitei a brecha e peguei uma cerveja com sabor de Coca-Cola e um cachorro-quente tipicamente alemão: pão de sal duro e uma salsicha. Sem molho, sem maionese, sem milho, sem batata palha e sem vinagrete. Era só o pão e a salsicha. Ah, e a cerveja de Coca-Cola é algo real, inusitado, e incrivelmente gostoso.

– Fiquei sabendo que vocês são brasileiras! – chegou um grupo de amigas para nos cumprimentar. – Eu sou a Rafa, e essa é a Bia. Somos de São Paulo, e vocês?

— Oi! Somos, sim. Meu nome é Sophia e sou de Belo Horizonte, mas não sou da Youth Travel — elas me olharam estranho como se eu fosse um alienígena em terras proibidas, então preferi me explicar logo — estou fazendo um intercâmbio de curta duração no *Grafschafter Nachrichten*, um jornal da região. São só seis semanas de programa, então em duas semanas estarei de volta no Brasil.

Essa última frase mexeu comigo. Eu não queria estar de volta em duas semanas. Eu não queria ir para casa.

— Nossa, que diferente! Não sabia nem que existia isso. Você quer ser jornalista? — perguntou Bia, a mais baixinha. Engraçado como elas parecem opostas. Bia era baixa, muito branca e loira dos cabelos lisos, e Rafa era alta e morena dos cabelos encaracolados.

— É, tenho vontade. Ainda não sei se quero trabalhar com jornalismo esportivo ou investigativo, mas algo por aí... — olhei para o lado esperando Alice se apresentar, mas vi que ela já estava em outro papo com uns garotos do Canadá.

— E como você veio parar aqui? Na treffão, digo — Bia retomou o assunto.

— Ah, o Liam e a Alice me convidaram. Não sei se já o conheceram, é aquele americano ali. Nos conhecemos sem querer em uma festa aqui da cidade e mantivemos o contato. E a Alice, aquela de rabo de cavalo, é veterana de vocês. Está aqui há um ano e volta para Goiânia semana que vem.

Reparei que as meninas deram uma escaneada em Liam. Ele realmente era bonito, e estava especialmente charmoso, com uma bermuda curta com listras pretas e brancas, e sem camiseta. Foi a primeira vez que o vi assim, e dei uma analisada também. Ele não tem o tanquinho trincado nem nada, e também não é gorducho. Digamos que é proporcional ao seu tamanho sem ser malhado de academia. Aliás, eu duvido que ele frequente uma academia. No máximo, deve fazer algum esporte. Com seus quase 1,80m, tem cabelos em um tom muito específico e impossível de descrever: nem loiros, nem ruivos, e nem castanhos. Só sei que combinavam perfeitamente com seus olhos castanho-claros.

— Uau, ele é muito bonito! Parece uma mistura daquele menino que fez *Teen Wolf* com o Rafael Vitti, não sei o porquê. — Bia não se segurou e logo deu um assobio de brincadeira. Agora que reparei, ele realmente tinha algo que lembrava o Dylan O'Brien, mas não conseguia identificar o que era. Talvez a boca fininha? Liam tinha uma barba rala, diferente do Dylan, e também era mais rechonchudo no pescoço. E o Rafa Vitti também tinha os olhos inchados, que fechavam quando sorria.

– Vocês estão juntos, é? – a Rafa me perguntou com uma entonação de curiosidade e segredo.

– Ahn? Não, ele tem namorada, e eu mal o conheço também, só conversamos por mensagens de texto, praticamente. Hoje é a terceira vez o que vejo, não tem nada a ver... – comecei a sentir meu pé formigar, algo que acontece quando fico nervosa ou com muita vergonha. O que não é muito legal, pois isso me faz ficar parada sem conseguir me mover, e aí não consigo fugir do assunto. Ninguém nunca entendeu, então já aceitei que vou conviver com isso para o resto da vida.

Por sorte, depois que meu pé parou de formigar, as meninas mudaram de assunto e fomos para a piscina conversar com o resto das pessoas. Mal vi o tempo passar em meio a tanta gente diferente, gincanas e brincadeiras que no início achamos infantis, mas resultou em um grande grupo de pessoas se abrindo e entendendo o lado do outro. Os monitores da Youth Travel realmente sabiam como fazer jovens virarem amigos. Pareciam maestros tocando as gincanas, como se cada grupo da mesma nacionalidade fosse um instrumento, que, se unindo aos outros, formava uma grande orquestra harmoniosa. Foi bem mais divertido do que pensei.

Eu nunca imaginei que fosse conhecer gente de tanto país diferente. Havia pessoas de todos os continentes, mais de 16 países, com culturas completamente diferentes. Só ali na beira da piscina, conheci os outros brasileiros, um pessoal da Colômbia, Canadá, África do Sul e Taiwan. É muito louco pensar que todos esses jovens saíram de suas casas, seus confortos, e vieram para um país completamente diferente, com um idioma dificílimo e culinária à base de cerveja e doces, para morar por um ano. E não é como se viessem com suas famílias; eles estão todos morando com outras famílias, o que é ainda mais assustador. Como será que suas famílias se sentiram quando viram essa vontade despertar? Será que se sentiram abandonadas? E seus amigos? Afinal, um ano é muita coisa. São muitas segundas-feiras nubladas, são muitas noites de sábado em festas. São muitos aniversários perdidos, sem contar Páscoa, Natal, e outras datas tradicionalmente comemoradas em família. Qual será o sentimento de fazer mala para um ano? O que será que você leva? Todas as suas roupas? E os livros, CDs e objetos com apego sentimental, eles ficam para trás? É tudo muito confuso. E, ao mesmo tempo, deve ser magnífico. Imagina só chegar em um lugar em que ninguém te conhece, e você pode reescrever sua história. É um espaço completamente novo, e você pode ser quem você quiser.

Ou melhor, você pode simplesmente ser você. Na sua essência, sem prejulgamentos.

– Ei, o que você tá fazendo aqui sozinha? Já está tarde, não tem quase ninguém acordado – tive meus devaneios interrompidos pela voz de Liam.

– Ah, nada demais... Tô só pensando em como isso é muito maluco... Não consegui dormir, acho que comi muita torta de maçã – respondo, enquanto mexo os pés na água, sentada na beirada da piscina.

– O que é maluco?

– Isso aqui. – Aponto para o nosso redor. – Eu, conhecendo pessoas de todos os cantos do mundo, acampada em um clube do interior da Alemanha, me preparando para ir embora para casa enquanto o ano de vocês está só começando. Me responde uma coisa: como você fez sua mala para vir? O que decidiu trazer e deixar para trás? Um ano inteiro é muita coisa, como que se prepara para isso? Digo, seus amigos devem ter ficado chateados, não? Sua namorada também, ficar um ano longe é muita coisa!

– Primeiro, aquieta essa cabecinha sua! Você tá pensando em mil coisas ao mesmo tempo! – ele disse enquanto se sentava ao meu lado à beira da piscina e ria. Isso fazia seus olhos se fecharem um pouco, e era incrivelmente charmoso. Não sei como não havia reparado nisso antes. – Agora, respondendo na ordem, não pensei muito na hora de fazer as malas, só coloquei as roupas que eu mais usava e gostava, algumas comidas que não posso viver sem, e presentes para a família que me recebeu. E, te corrigindo, eu não deixei nada para trás. Nem ninguém! Não vejo como um abandono, é só uma viagem. Tudo bem, é uma viagem longa, e que vai mudar completamente minha vida, mas ela não anula o que vivi antes. Meus amigos foram compreensivos, e a Emily também, ela sempre soube que eu gostaria de morar fora dos Estados Unidos, e o momento chegou.

– Mas você não se sentiu mal em momento algum? Como eles se sentiram, ou o que eles vão pensar e fazer sem você por lá?

– Bom, eu não ligo muito para o que os outros vão pensar. – Ele riu ao final da frase, ao ver minha expressão facial de susto. – Não, calma, isso não significa que eu tenha um coração frio ou que seja egoísta. Mas é que não podemos nos basear no pensamento do outro, entende? Se eu fosse me preocupar com o que as outras pessoas acham de mim ou do que faço, eu não sairia do lugar. Sabe, Soph, muitas pessoas constroem versões perfeitas de quem conhecem e criam expectativas de atitudes e discursos, mas isso não existe. Ninguém é perfeito, e temos que respeitar absolutamente qualquer pessoa. Nós nunca sabemos o que elas estão passando para julgar seus comportamentos. Então, não, eu não me preocupei com meus amigos achando isso ou aquilo de eu vir pra cá, principalmente a Emily. Se ela está comigo, é porque ela respeita as minhas vontades.

Caramba. Ele é muito mais maduro e sensato do que eu imaginava.

– É, você tem razão. Acho que eu me preocupo demais com o que os outros pensam de mim... Agora, por exemplo, estou me sentindo uma fracassada por ter que ir embora e ver todos vocês ficando. Eu não queria ir para casa agora, sabe? E depois de conhecer tantas pessoas incríveis hoje, me pergunto, por que não me programei para fazer um intercâmbio de longa duração, como vocês? Eu sempre quis morar fora também, mas achei que um ano era muita coisa. Ia perder meus amigos, o timing das coisas no Brasil, os costumes da minha família... Mas seis semanas é um tempo tão curto para aprender alemão e conhecer a cultura do país...

– E por que você vai embora?

– Meu estágio acaba em duas semanas, não tem como estender, o programa de verão do jornal vai ser encerrado.

– Então fica.

– Ahn?

– Fica aqui, ué. Fica aqui na Alemanha por mais um ano. Veja bem: você já tem amigos aqui, tanto estrangeiros quanto alemães, aquele pessoal do GN que você me apresentou no trem parecia adorar você. Você já é super próxima do Berndt, que a Alice me contou mais cedo que foi um dos fundadores da Youth Travel aqui na Alemanha. Tenho certeza que ele poderia mexer uns pauzinhos para te matricular numa escola. Acha que consegue mudar sua passagem de avião?

Nesse momento eu tive que parar de olhar para ele, pois já não estava conseguindo focar com a quantidade de pensamentos mexendo dentro da minha cabeça. Voltei a reparar o movimento da água que era gerado pelos meus pés e me imaginei ficando por mais um ano. Eu perderia um ano de escola no Brasil, a formatura de Medicina da minha irmã, e estaria muito longe se algo acontecesse com a minha família. Por um lado, não havia ninguém doente ou muito velho, então não precisaria me preocupar demais. Mas como eu faria com minhas coisas? Eu definitivamente não trouxe roupas o suficiente, somente coisas leves, pois vim no verão – teria que gastar muito dinheiro comprando calças e casacos. E o Natal? É minha época preferida do ano todo, como eu poderia passá-lo longe dos meus pais e da Macla? Ela sempre esteve comigo, é muito estranho imaginar uma vida sem ela no quarto ao lado.

Parecia tudo loucura demais. Mas, ao mesmo tempo, parecia algo que eu queria muito. E que eu precisava.

Acho que quase causei um infarto no meu pai quando levei a proposta de ficar na Alemanha por mais dez meses.

Como boa planejadora que sou, conversei com Alice e Berndt e pedi a ajuda deles antes de conversar com a minha família, e acho que nunca vi duas pessoas tão contentes com um plano tão maluco! Alice disse que poderia me apoiar em tudo, tanto com amigos, quanto na escola, na cidade, e com indicação na Youth Travel – mas isso não seria necessário, já que Berndt é praticamente um Deus lá dentro. Como Liam havia comentado, ele realmente ajudou a fundar a agência na Alemanha, quando ele era adolescente e queria fazer intercâmbios culturais em outros países. Com isso, ele ainda era uma referência lá dentro, o que me ajudou muito a conseguir as cartas de recomendação dos monitores do treffão e o convite oficial da agência. Essas duas coisas eram de extrema importância para que eu conseguisse atualizar meu visto, pois não tenho ascendência de nenhuma nacionalidade europeia.

Além dos dois, também fiz questão de conversar com a minha psicóloga antes de levar o assunto à minha família – eu faço terapia desde pequena, e não deixei de encontrá-la semanalmente só porque estava em outro país. As conversas saíram do seu pequeno escritório com quadros do Van Gogh e passaram a se encaixar na tela do meu computador, mas isso não mudou em nada no tratamento. Sinto que Débora me conhece desde pequena e eu precisava de um aval dela nessa história toda. Como uma boa terapeuta, ela não expôs opiniões, apenas disse para eu ter certeza do que estava fazendo. E eu tinha. Ou ao menos sentia que tinha. Depois que contei todo o meu plano, ela me disse uma frase que eu nunca vou esquecer.

– Isso vai mudar a sua vida, e você parece ter noção disso. Então eu vou te ajudar da melhor forma possível: não fazendo nada. – Dei uma bela franzida na testa ao ouvir ela dizer essas palavras. – Você vai correr atrás disso sozinha! Não quer viver por sua conta num país completamente diferente? Então você vai organizar tudo: pegar os documentos da escola, do sistema de saúde para comprovação de vacinas, além da lista de coisas que gostaria que te enviasse aqui do Brasil. E isso vai dar certo, porque você quer que dê certo. Acredite que você consegue, e daqui um ano a gente se encontra novamente aqui na minha salinha.

Depois de seguir o conselho dela, criei coragem para conversar com meus pais. Acho que, pelo fato de ser extremamente organizada, eles não conseguiam dizer não. Eu tinha a resposta para literalmente todas as perguntas que fizeram, é como se eu soubesse tudo que iriam questionar, e, convenhamos, eu os conhecia muito bem, então sabia cada uma de suas preocupações. Fiz cálculos financeiros, conversei com minha escola brasileira e consegui meu histórico escolar para o nivelamento no sistema de educação alemão, pesquisei sobre a mudança do meu voo de volta ao Brasil, e expliquei como funciona a escolha da família que me hospedaria na Alemanha.

Durante a conversa com Berndt de manhã, ele me disse que daria um jeito de encontrar a família perfeita para me receber. Tentei esconder que esse era meu maior medo, acabar morando em um lugar em que não me sentisse confortável ou não me encaixasse na rotina, mas ele viu que era algo importante para mim.

– Olha, vamos fazer o seguinte: eu vou ver com a divisão de operações da YT se ainda há famílias disponíveis para te receber neste ano letivo, e te dou um retorno ainda hoje. Assim que eu tiver os dados das famílias, a gente pode marcar um encontro com elas para você as conhecer. – Berndt parecia um anjo da guarda querendo ajudar. Ele era muito prestativo e viu o brilho no meu olhar quando disse que poderia ajustar uns pauzinhos.

– Espera... Por que você não fica aqui? – perguntou Alice, enquanto fechava uma caixa de papelão com presentes que ganhou de despedida. Eu e Berndt nos olhamos com um olhar um tanto semelhante.

– É mesmo. Por que não? – ele retrucou, olhando em volta dentro da própria casa – A casa vai ficar mais vazia, eu já me acostumei com as viagens e encontros dos intercambistas da Alice, conheço a YT de cabo a rabo, e ainda posso continuar meus estudos de português. Não acho que o Nils e Katharina vão se importar, Nils adorava pedalar com a Alice até o treino de futebol, e a Katha eu acho que nem vai perceber que vocês são pessoas diferentes. E mesmo assim, se eles se importarem, quem manda na casa sou eu, e não aquelas crianças – disse Berndt rindo e falando baixo para que eles não ouvissem.

Nils e Katharina são os filhos mais novos de Berndt, com 10 e 6 anos, respectivamente. O mais velho já está na faculdade, na Holanda, então raramente vinha visitá-los. Eu os havia conhecido brevemente no dia que passei a tarde vendo Netflix com a Alice, e pareciam ser muito queridos.

– Mas Sophia, não quero te pressionar. Se você achar que isso pode ficar desconfortável, ligo agora mesmo para o diretor e entro em contato com as famílias disponíveis!

– Eu acho que está perfeito. Eu adoraria morar aqui! Já conheço a casa, a vizinhança, você… Só falta conquistar os baixinhos.

– Tenho certeza que isso será uma tarefa fácil. Basta fazer um brigadeiro enroladinho com granulado colorido.

Depois que fechamos o combinado, Alice procurou em sua caixa de entrada o e-mail que havia recebido de Berndt no ano passado, quando ele se apresentou virtualmente como a família que a receberia. Atualizamos as informações, agora com fotos de Alice na casa, e também com o fato de eles já me conhecerem, e montamos um lindo arquivo em PDF para apresentar aos meus pais. Além disso, pegamos todos os contatos da Youth Travel Brasil e adicionamos ao arquivo, para que meus pais não se sentissem desamparados. Assim eles poderiam conversar com a agência lá em Belo Horizonte e ver que tudo estava sob controle.

Não vou mentir e dizer que foi fácil, porque não foi. Meus pais me chamaram de louca, disseram que a Europa me transformou numa hippie que só usava tênis (realmente comprei vários tênis novos e só usava eles…) e que eu não iria me adaptar. Foi difícil ouvir algumas coisas, era como se eles não acreditassem que eu daria conta. Que eu não era boa o suficiente para me virar, e isso é algo que, vindo dos próprios pais, dói. Mas segurei a barra, lembrei de tudo que a Débora me ensinou, e mantive minha palavra. Ao ver que eu não mudaria de ideia e não embarcaria no voo de volta ainda no mesmo mês, eles cederam.

Dava para ver o medo na pele de toda a minha família. Felizmente, depois de conversarem com os pais da Alice por telefone, ficaram um pouco mais calmos. Eles contaram como foi o processo de ida da filha, e também de como haviam gostado do Berndt como família hospedeira, e garantiram aos meus pais que ficaria tudo bem.

De: Sophia Duarte
Para: Liam Baker

vou ficar...

De: Liam Baker
Para: Sophia Duarte

vai ficar onde?

De: Liam Baker
Para: Sophia Duarte

AH MEU DEUS!!!! agora entendi! você vai ficar na alemanha? espera, preciso te ver e ouvir sua voz falando sobre isso, ou vou achar que é alguém fazendo uma pegadinha. posso te ligar por vídeo?

A despedida da Alice foi bem triste, e ainda coincidiu com o término do programa do jornal. Foram dois dias intensos com despedidas da rotina e de uma grande amiga, que com certeza levarei comigo para sempre, sem contar que deu para perceber que o Berndt sentiria muita saudade dela também. Era uma segunda-feira bem cedinho quando a deixamos no aeroporto de Amsterdã, e como as aulas só iriam começar na quarta-feira e o Berndt era um profissional autônomo, ou seja, ele que organizava seus horários no trabalho, decidimos passar a manhã na cidade e voltar no fim da tarde.

Era uma curta viagem de quase duas horas de carro entre Veldhausen e Amsterdã, então não daria trabalho conhecer a principal cidade da Holanda. Como Liam e Alice também ficaram amigos nas últimas semanas, ele nos acompanhou até o aeroporto e pelo passeio na cidade também. Foi uma tarde muito divertida e leve, com uma temperatura mais fria que o previsto, mas muito sol pela cidade toda. Conseguimos visitar a casa da Anne Frank, a famosa garota judia que se escondeu num cômodo secreto de uma casa para não ser pega pelos nazistas e registrou tudo em um diário; o museu do Van Gogh, meu artista preferido no mundo todo; o museu da Heineken, que o Liam tanto insistiu em ir, e ainda descobrimos um diamante na cidade: a biblioteca pública de Amsterdã. Quem havia nos dado essa dica era a própria Alice, que já tinha visitado a cidade algumas vezes com amigos da escola, e acho que não existem palavras para agradecê-la o suficiente. A biblioteca não é nada com imaginamos aqui no Brasil. Não tem cheiro de livro velho, não tem crianças bagunçando as estantes, e não tem livros malcuidados. Muito pelo contrário – era um prédio de sete andares de frente para as docas, onde havia casas-barco como hospedagem para turistas, e uma arquitetura extremamente moderna. Por todos os andares, encontramos diversas salas brancas com detalhes coloridos em rosa, contendo computadores, televisões, brinquedos infantis, espaços comunitários de estudo, lanchonete, e um restaurante italiano. As paredes da biblioteca eram todas de vidro, o que a transformava em um incrível mirante para as docas e a cidade. De longe meu lugar preferido dali.

Nos últimos andares, de frente para as paredes de vidro com a vista da cidade e seus canais, Liam e eu nos sentamos nos sofás e almofadas que estavam soltas no chão, enquanto Berndt buscava cones de batata frita para fazermos um último lanche antes de ir embora para casa.

– E aí pequena Soph, como está se sentindo? – eu esboçava um sorriso toda vez que ele me chamava assim. Desde o treffão ele adicionou o "pequena" antes do apelido inicial, e fica cada vez mais fofo. Em minha defesa, não sou tão pequena assim, mas não vou reclamar, pois gosto quando me chama dessa forma.

– Mistura de sentimentos. Felicidade, alívio, tensão, medo...

Estávamos sentados nas almofadas, com os braços apoiados no chão, atrás de nossos corpos. Ao ouvir minha última palavra, Liam tirou os braços, chegou mais perto e olhou nos meus olhos, apertando meus ombros.

– Tenho certeza que seu ano vai ser ótimo. Se ainda me quiser por perto, prometo fazer com que você se divirta nos próximos meses! E se algo der errado, não me culpe por ter te dado essa ideia, ok? É só me chamar que eu vou te mostrar como a vida aqui na Europa é gostosa.

– Eu sei que vai dar tudo certo. Ou ao menos espero que dê... Vai me dizer que não sentiu medo quando aterrissou aqui? – eu queria entender mais como ele se sente aqui, longe de quem ama.

– Claro que senti! É natural, não estou pedindo para que você não tenha medo. Estou pedindo para que você o enfrente com a cabeça erguida. Eu tinha muito medo de não me adaptar, não encontrar uma turma de amigos que eu me encaixasse. Naquela festa do prefeito da cidade mesmo, eu estava meio perdido, mas conversando com você vi que eu teria que me abrir para todo tipo de pessoa, se eu quisesse realmente mergulhar fundo nas culturas diferentes.

– E é óbvio que eu quero sua companhia nesta aventura maluca, não precisa nem perguntar – respondi sentindo meus pés formigarem, mas já me levantando para que eu não ficasse presa ali pra sempre sentindo vergonha. – Agora vamos, o Berndt tá demorando com as batatas, deve ter ficado preso entre os livros na seção de Design Moderno.

O primeiro dia de aula foi tudo que eu falei pro Liam que sentia sobre estender minha morada na Alemanha: felicidade, alívio, tensão e medo. Também podemos adicionar solidão à lista, que inclusive é meu maior medo da vida. Me sentir sozinha.

Por ser uma escola em uma cidade pequena, todo mundo se conhece – as pessoas estudam juntas há anos, então as turmas são formadas de forma praticamente igual em todas as séries, com as panelinhas já construídas. E aí entra a estrangeira, perdida, sem falar alemão. Todos os alunos da turma me olhavam com olhares esquisitos, sem saber como lidar, como se eu fosse uma espécie nova de ser humano. A maioria não falava inglês, e os que falavam, não tinham fluência como eu, apenas gostavam de se comunicar. Por isso, a manhã do primeiro dia foi super esquisita, já que ninguém falou comigo além dos professores, que também não foram tão educados quanto imaginei. Depois disso, entendi que tenho que parar de criar expectativas e me basear com a realidade brasileira, pois na Alemanha é tudo muito diferente.

– Ach! Da sind sie, die brasilianische! Hallo, wir sind Alice's freunde! – vi umas meninas correndo em minha direção e fui abordada na fila do almoço, que entrei mesmo sem saber o que eu estava fazendo. Não entendi bulhufas do que elas disseram, então respondi, no alemão mais esdrúxulo que eu tinha, pedindo para repetirem. Enfrentar os medos, como diria Liam...

– Ai, desculpa, acabei me empolgando e falei direto em alemão com você sem saber se você iria entender, perdão! Eu sou a Femke, e esta é a Helen, somos amigas da Alice! Ela pediu para que te encontrássemos e mandasse um beijo, disse que está morrendo de saudade já.

– Ah, oi gente! Desculpa por não ter entendido o alemão antes, fui pega de surpresa, às vezes tenho que virar a chavinha do cérebro primeiro pra começar a pensar em outro idioma. Muito prazer! Vocês eram da sala da Alice aqui na escola?

– Éramos sim, agora estamos no último ano, finalmente! Em qual sala você está? Acho que minha irmã é da sua série! – Femke era uma garota bem animada e engraçada. Parecia que tinha tomado três energéticos antes de me encontrar.

– Estou na sala 10U, como sua irmã se chama?

– O nome dela é Nane, mas ela está na 10, que triste! Vocês poderiam ser amigas. Como foi o primeiro dia de aula? O pessoal te recebeu bem? Olha, pessoalmente falando, eu não vou muito com a cara dos meninos da sua sala, acredita que quando a Alice chegou, eles fizeram uma aposta de quem deles iria beijá-la primeiro? E olha que eles nem a conheciam! Só por ser a primeira brasileira da cidade eles acharam que podiam julgá-la. Machistas aqui não, se algo acontecer me chame IMEDIATAMENTE! – essa menina parecia bem divertida. Um pouco elétrica, mas bem divertida.

Elas me acompanharam na fila do almoço e me explicaram todo o esquema que a Alice já tinha me explicado, mas a informação acabou ficando perdida junto com todas as outras mil coisas que ela havia me passado. Conversamos bastante durante o intervalo de almoço e finalmente me senti acolhida por alguém na escola. Pena que elas eram de outra série, então acho que eu teria que lidar com a minha turma sozinha.

– Aliás, no fim do mês teremos a primeira Nimm3! Você TEM que ir, é muito divertido! – disse Femke quase pulando da cadeira de empolgação.

– O que é isso? De toda forma, não tenho planos, então podem contar comigo!

– É a festa dos formandos! Nossa turma está organizando esse ano e já posso adiantar uma coisa: vai ser a melhor de todas. Ao longo do ano fazemos festas para arrecadar dinheiro para a nossa viagem de formatura, que, se tudo der certo, vai ser para a Grécia. Vamos? O ingresso custa 10 euros e tem comida e bebida inclusa. – eu já tinha aceitado o convite, mas me senti mais empolgada ainda. Será que finalmente vou fazer amizades alemãs como eu pretendia?

De: Sophia Duarte
Para: Liam Baker

tem planos para o dia 28? festa dos formandos da minha escola, 10 euros tudo liberado! vamos?

As semanas passaram até rapidamente. Não havia muito o que fazer na rotina tradicional de uma adolescente alemã, além de ir à escola, ajudar a cuidar da casa, e conhecer a vizinhança. De vez em quando, alguns dos outros intercambistas marcavam ligações com a turma toda, já que moramos em cidades bem distantes, então foi muito bom ter contato com outros estrangeiros e conhecer mais aquelas pessoas com quem conversei no clube. Além disso, com todo esse tempo livre, também passei a falar mais e mais com o Liam, tanto por mensagem de texto quanto nessas chamadas de vídeo com o resto do pessoal. Nos aproximamos bastante virtualmente, descobrindo gostos musicais praticamente idênticos.

Estava ficando cada vez mais difícil fingir para mim mesma que eu não sentia nada por ele.

Pouca coisa mudou na escola – eu continuava me sentindo sozinha na aula, mas os intervalos eram divertidos, já que a Femke e a Helen sempre me procuravam para me mostrar algo novo no colégio ou para estudarmos juntas. Fizemos um combinado em que toda vez que uma delas fazia tarefa de inglês, eu ajudava e elas me ensinavam o mesmo em alemão. Foi bem bacana, porque senti que elas realmente queriam me ajudar, o que balançava todo o resto da convivência dentro de sala de aula.

Na sexta-feira, depois do último horário, que foi educação física em um ginásio com quadras internas e externas, além de um vestiário completíssimo com escaninho, chuveiros e secadores, as meninas perguntaram se eu queria ir junto com elas para o lugar que seria o Nimm3. O relógio apontava quatro horas da tarde, e a festa começaria às sete, então elas iriam direto da escola para terminar de organizar os galões de cerveja e os cachorros-quentes. Como o Liam não sabia chegar ao local, eu disse a elas que o encontraria na estação de trem às sete e seguiria de lá com ele, então as encontrava direto na festa.

– Vai buscar o donzelo na estação? Achei dedicada, hein? – disse Femke dando um sorriso malicioso.

– Dedicada sim, o garoto nem conhece a cidade! Mas pode parar com isso, eu já falei que ele namora e que eu não vim para a Alemanha para arrumar um namorado. – Eu já não estava sentindo meus pés de tanto formigar, então sentei no banco mais próximo do pátio e fingi que ia ligar para a minha irmã por vídeo. Mas, no fundo, eu queria sair correndo dali.

– Tudo bem, a gente finge que acredita em você. Mas ó, nada de se atrasar, hein? O lugar é meio escondido e se forem andando da estação e já estiver escuro, corre o risco de vocês não encontrarem. – A Helen era um pouco mais séria e preocupada, e me lembrava um pouco minha irmã, que era zoeira mas muito pé no chão. Eu já estava morrendo de saudade dela, então resolvi fazer aquela ligação por vídeo de verdade.

– Oi, alemãzinhaaaa! – ela atendeu com uma máscara facial coreana no rosto enquanto amassava um abacate para fazer guacamole. Isso era tão ela...

– Ei Macla!! Credo, que máscara horrorosa!

– Horrorosa agora, espere umas horas e minha pele vai ficar brilhando! Vou sair com o Gabriel hoje, tenho que estar bonitinha... E você, como está? Que horas é a festa?

– Às 19h, nem sei o que vestir ainda... Sinto que já usei todas as minhas roupas de verão, os vestidos já estão quase andando sozinhos, e as saias estão ficando meio curtas porque eu engordei uns quilinhos. Alguma dica? – na hora que parei para pensar, eu realmente já tinha usado e repetido absolutamente todas as minhas roupas. Não sentia nem empolgação para fazer combinações novas, e esse era um dos meus passatempos preferidos!

– Bom, ainda são quatro da tarde, né? Então você tem tempo. Olha seu Transferwise, acabei de te mandar 15 euros, agora levanta daí e passa nas lojas do centro para comprar alguma peça nova para hoje! – a Macla gostava de me mimar. Em casa, sempre me deixava usar as roupas mais legais e caras que ela tinha, mas também me ensinou a manter meu controle financeiro com roupas. Se não fosse ela, eu provavelmente não teria mais nenhum tostão para nada no intercâmbio.

– O quê? Você está me mandando dinheiro pra comprar roupa? Não vou reclamar, mas EU AMO ESSA NOVA MACLA! E eu também amo a tecnologia! Nem acredito que já cai direto na minha conta daqui. Bom, então vou nessa que tem um ônibus saindo em quatro minutos daqui. Beijo, irmã!

– Eu sei quando você quer se sentir bem! E também sei os motivos para isso acontecer... Manda um abraço pro Liam por mim! Beijo! – desligou rindo. Já me arrependi de ter contado sobre ele, porque agora ela cismou que nós vamos casar e ter filhos com dupla nacionalidade para ela mimar.

Estaria mentindo se dissesse que não pensei nisso, mas é só aqueles pensamentos bobos que passam pela mente enquanto tomamos banho. Afinal, ele namora, e eu não estou a fim de estragar nenhum relacionamento.

Mas que ele é realmente muito bonito e incrivelmente simpático, ele é sim.

– Que calça legal! Combinou com você! – disse Liam assim que saiu do vagão do trem. Usei os 15 euros para comprar uma calça pantacourt preta de bolinhas brancas, que acabava um pouco acima da canela, e ainda sobrou um trocado para comer um döner, um lanche turco que tem perto de casa.

– Ahh, obrigada! É nova. Gostou? Vou deixar anotado.

– Adorei! Com esse All Star laranja combinou bastante. Pronta para se divertir, pequena Soph?

– Estou pronta desde o dia que me convenceu a ficar na Alemanha, *migo*.

Essa palavra já estava virando parte do nosso vocabulário, o que era divertidíssimo. Na caminhada de uns 20 minutos até o local da festa, fomos conversando um pouco sobre tudo. Ele me contou melhor sobre como conheceu a namorada e sobre os últimos três anos de namoro deles, e também sobre sua família que ficou em Chicago. Eu falei sobre minha proximidade com a minha irmã, e ensinei algumas frases e palavras em português. Todo brasileiro que conhece um estrangeiro sempre chega nesse assunto em algum ponto da conversa.

Acho que os alemães têm mania de fazer festa em lugar esquisito. A primeira que fui foi o aniversário do prefeito nas ruas da cidade, depois num clube/prédio/ginásio, e agora num galpão abandonado. Ou pelo menos é o que parecia quando chegamos lá. Um galpão grande, com o telhado bem alto, e alguns lustres pendurados quase que até o chão. O bar ficava em toda a lateral direita, e os cachorros-quentes e petiscos, como amendoim, batata chips e outras coisinhas, no balcão da lateral direita. No fundo, tínhamos o espaço para DJ e entrada dos banheiros, e no meio era um grande espaço para as pessoas se divertirem. Ainda tinha uma área externa gigante, que acabava em uma floresta, e de lá conseguimos enxergar as hélices de energia eólicas, uma coisa bem comum na região. Era como se fosse um ventilador gigante, muito alto mesmo, com hélices girando com o vento, produzindo energia. Parece esquisito, mas é uma das coisas mais bonitas que já vi.

– Achei que vocês iriam me dar o bolo! Vem logo pegar uma bebida. Vou preparar meu drink especial para você – disse Femke ao nos ver chegar com os rostos confusos com a esquisitice do local.

Enquanto a seguíamos até o bar, reparei na parte interior do galpão. Escuro, com alguns raios de luzes coloridas, e cada vez mais cheio de gente.

– Que lugar inusitado para fazer uma festa, não? Ah, e aliás, esse aqui é o Liam, meu amigo americano – eu os apresentei.

– Ah, famoso Liam! Fiquei curiosa para te conhecer! Sou a Femke, amiga da Alice e da Sophia, e estou na organização da festa, então se precisar de alguma coisa é só me chamar! – meus pés formigaram um pouco, mas dei um gole da bebida que ela me entregou e deixei meu corpo reagir a isso. Afinal, o que era aquilo?

– Nossa, o que é isso? Tem gosto de cereja, mas parece um refrigerante? É esquisito, mas muito gostoso!

– Bem-vinda à Alemanha! Esse é o Fanta-Rot, um drink que é metade Fanta Laranja e metade uma espécie de licor de cereja que chamamos de *schnapps*.

– Perigoso, hein? Docinho, não vou nem reparar que estou ficando bêbado – disse Liam praticamente virando o copo.

– Bom, terminem logo seus copos e peguem uma garrafa de cerveja no outro bar. Mas não bebam! Vão lá para fora que já já vamos começar uma partida de flunkyball. Vejo vocês lá! – e assim Femke saiu correndo procurando outras pessoas da organização, reconhecidas pela pulseira branca no punho.

– Você sabe do que ela tá falando? – perguntei ao Liam.

– Não faço a mínima ideia. Mas sinto que devemos obedecê-la – ao terminar a frase, me puxou e fomos ao bar ao lado pegar duas garrafas de cerveja.

Ao sairmos do galpão, o que encontramos na área externa parecia uma organização de Jogos Olímpicos. Pessoas marcando o chão com fita crepe, formando times, e algumas pirâmides de garrafa sendo montadas no centro das rodinhas de pessoas.

– Ok, o que tá acontecendo? – perguntei à Helen, que estava terminando de demarcar um grande retângulo de fita crepe no chão.

– Vamos jogar flunkyball! Não conhecem? – ela percebeu a resposta ao ver nossos rostos completamente confusos – Ah, ok, ainda não foram a uma verdadeira festa alemã... Vou explicar: flunkyball é um jogo que se joga entre dois times, com a quantidade de pessoas que quiser em cada time, contando que seja igual. Tá vendo esse retângulo? É como uma quadra, somente os dois times podem ficar dentro dele, ninguém mais da festa. Agora vamos começar com times de cinco pessoas, e cada time vai se posicionar nos menores lado do retângulo, com as pessoas em pé, lado a lado. Cada uma delas deve ter uma garrafa de cerveja cheia apoiada no chão, entre os pés, e aquele círculo ali no meio dos times é onde fica a garrafa master.

Eu estava ficando cada vez mais confusa, então ela continuou.

– O objetivo do jogo é beber o mais rápido que conseguir. Como isso acontece? Muito simples: uma pessoa do time A arremessa a bola na garrafa master, e, se ela for derrubada, o time B deve correr para colocar a garrafa master no lugar, pegar a bola, e voltar à sua posição inicial. Enquanto isso acontece, todas as pessoas do time A, que arremessou a bola, devem beber a cerveja até ela acabar. Ou seja, se você acertar a master e ela for muito longe, o time B tem que ser muito ágil e rápido, se não o time A vai ter muito tempo para beber e vai acabar com a bebida primeiro.

– E como vocês não morrem de tanto beber? – indagou Liam enquanto se posicionava na marcação de fita crepe no chão.

— Temos cerveja no sangue, acho que estamos calejados já. Venham, sejam do meu time, vamos começar — disse Helen se juntando a Femke e mais uma outra amiga.

Começamos o jogo, e o primeiro arremesso foi do time adversário — e eles não acertaram a garrafa master. Continuamos na nossa posição, e dessa vez a Femke jogou a bola e atingiu a garrafa como um atirador de precisão. Assim que a bola acertou a garrafa, todos do meu time começaram a beber suas respectivas cervejas, e enquanto eu tentava engolir toda aquela bebida, o outro time corria para pegar a garrafa, a bola e voltar para suas posições. Pareceu uma eternidade, mas deve ter durado uns dez segundos. Terminando o imenso gole, me arrependi de ter entrado na brincadeira. Aquela quantidade de álcool ia fazer um estrago em mim.

Depois que acabou a primeira rodada, eu já não estava enxergando tão bem, e preferi ficar de fora das próximas rodadas. Liam e eu pegamos um cachorro-quente para comer e procuramos um lugar para sentar com calma e retomar as energias. Afinal, aquele jogo envolve muita atenção, muita bebida, e até esforço físico para jogar a bola corretamente e correr para buscar a garrafa. As mesas estavam todas cheias de cerveja e parecia não ter muito espaço para nós, então tivemos uma ideia melhor.

— O que será que tem ali em cima? — perguntou Liam já se dirigindo à escada escondida em uma das paredes laterais.

— Não tenho certeza, mas não parece um lugar convidativo. Acho que se fosse para subir lá, teriam colocado uma sinalização ou ao menos uma iluminação por lá... — tentei tirar a ideia da cabeça dele, tentando esconder que tenho medo de escuro.

— Segura meu cachorro-quente, e espera aí que vou espiar.

Ele subiu metade da escada, olhou para o que tinha lá em cima, e deu um sorriso de volta para baixo.

— Não tem nada. Literalmente nada, um grande espaço vazio. Vem, te ajudo a subir.

Era um mezanino, também todo feito de madeira, assim como o resto do galpão. Sentamos ali mesmo na borda, com as pernas balançando para o andar de baixo e, dali, tínhamos a vista do centro do galpão, onde as pessoas dançavam, bebiam e papeavam. Depois de terminar de comer, conversamos por um tempo, esperando o efeito do álcool se aquietar em nossos corpos.

– E aí Soph, como foi esse primeiro mês na escola? Algo de novo que você não tenha me contado por mensagem? – Liam puxou um assunto novo depois que a pista de dança se esvaziou.

– Ah, nada demais... Fiz mais algumas amizades, mas a maioria ainda é da turma da Femke e da Helen, então só os encontro nos intervalos ou quando eles me chamam para comer algo no fim da tarde. É uma turma bem bacana, espero que fiquemos amigos por muito tempo.

– Com certeza! Acho que temos que aproveitar esse tempo aqui no intercâmbio para encontrarmos pessoas que se encaixam com a gente, sabe? Amigos que sabemos que estarão conosco em qualquer ocasião. São tantas pessoas novas e diferentes entrando na nossa vida, é como uma chance que temos de renovar nossas amizades. – Ele era sempre muito poético. E eu adorava isso.

– É verdade. Desde que cheguei, mantive contato apenas com as pessoas que eu fazia questão de ser amiga. É muito diferente do Brasil, onde me sinto na obrigação de ser legal com todo mundo. Como você está fazendo amigos lá em Lingen?

– Está um pouco difícil... Descobri que o meu irmão hospedeiro não é muito querido na cidade, parece que ele teve uns comportamentos errados em algumas festas do colégio. Acho que as pessoas associam isso diretamente a mim, então busquei me apoiar naquele grupo húngaro que te contei. Eles são bem bacanas, e mesmo sabendo que vão embora em um semestre, acho que são pessoas que fazem bem pra mim.

Liam tinha ascendência húngara por parte de mãe, então teve uma facilidade para puxar assunto com esse grupo na escola. Sempre achei chiquérrimo ter ascendência europeia ou sobrenome diferente, mas meus pais nunca conseguiram encontrar uma genealogia estrangeira na nossa família, tanto que meu nome é bastante sem graça: Sophia Duarte Barbosa.

– E o coraçãozinho? Tem alguém em especial aí? – me pegando totalmente de surpresa, Liam fez a pergunta que fez meus pés formigarem instantaneamente. Ainda bem que estávamos sentados.

– Ahn? É, não, tô tranquila por aqui.

– Ah, como assim? Sempre tem alguém! Nunca falamos disso, você tinha alguém no Brasil quando veio?

— Não tinha, não... Nunca fui muito namoradeira, então tive só um rolo com um colega da aula de inglês, mas não deu em nada sério. Ele acabou mudando de cidade e nunca mais nos falamos.

— Então você estava guardando seu coração para um amor alemão, entendi! — ele disse rindo, fazendo meu corpo se esquentar com sua bochecha rosada levantando até os olhos quando abria esse sorriso. Era definitivamente o que eu mais gostava nele.

— Para com isso, Liam! Não tem nada, nem ninguém, eu não vim aqui em busca de um amor, vim para aprender alemão e me conhecer melhor, fazer novos amigos, essas coisas. Parece que todo mundo em minha volta resolveu dar pitaco na minha vida amorosa esses dias... — acho que dei uma extravasada, mas esses comentários da minha irmã e das meninas realmente me deixavam sem graça. Totalmente desnecessário.

— Nossa, calma, desculpa, não quis te incomodar. Pela sua reação parece que tem sim alguém, mas tudo bem se não quiser conversar sobre isso, vou respeitar.

E então me senti mal. Ele estava ali como um amigo, querendo conversar numa boa, e eu acabei deixando um clima extremamente desconfortável. Não dava para mentir pra mim mesma, e muito menos para os meus amigos. Afinal, decidi ficar na Alemanha para ser eu mesma, não é? Era hora de me abrir.

— Tá, tudo bem. Vou te contar. Tem alguém, sim, que tá mexendo comigo mais do que eu gostaria...

7

Eu adorava como o Berndt sabia qual era meu café da manhã preferido, e sempre deixava a mesa arrumada. Dizem que a primeira refeição do dia é a mais importante, e eu nunca neguei – tomar café da manhã é gostoso como se enrolar em um edredom em dias de frio. No Brasil, estava acostumada a comer algo rápido para não me atrasar para a escola, como banana amassada com mel ou uma fatia de pão com requeijão e um ovo frito por cima. Já na Alemanha as coisas acabaram subindo de nível, e eu comia no mínimo três fatias de pão com diferentes recheios ou ovos mexidos com bacon ou presunto.

Naquele sábado, mesmo acordando depois das onze e meia da manhã, não quis pular a refeição matinal. Ao descer para a cozinha, vi que o rádio estava ligado, uma tradição do café da manhã da casa, e um canto da mesa estava com pães, suco de maçã, creme de avelã e uma caixinha com raspas de chocolate, que havíamos comprado na viagem para Amsterdã. Dar a primeira mordida daquilo foi como se tudo fizesse sentido na vida novamente.

E então eu lembrei.

Eu havia contado para o Liam que estava gostando de alguém na noite anterior.

Depois de ter respondido um pouco ríspida sobre as pessoas se intrometerem demais na minha vida amorosa, fiquei me sentindo mal. Eu estava claramente desconfortável com a conversa, o que significava que eu estava mentindo. E realmente estava, principalmente para mim mesma. A partir do momento que não conto para ninguém o que estou sentindo, é como se eu fingisse que aquele sentimento não existisse. Mas ele estava ali, firme e forte, crescendo a cada dia que passava.

Se eu não falasse que estava afim de alguém, seria suspeito e ele poderia achar que era sobre ele. O que não seria algo errado, mas preferi omitir essa parte do assunto.

— A-HÁ! Eu sabia! Vai, me conta mais: quem é ele? É do Brasil? É intercambista? É da escola? ELE ESTÁ AQUI NA FESTA? — Liam se empolgou com o assunto.

— Calma, calma, vou te contar tudo. Mas antes, você precisa descer e pegar mais um cachorro-quente pra gente.

Eu precisava de um tempo para montar uma história na minha cabeça e deixá-la sem furos, pois não queria que ele descobrisse a verdade. Enquanto ele descia e ia até o bar de comidas, o acompanhei com o olhar de cima do mezanino. O que eu estava fazendo? Não podia gostar de uma pessoa no meio do intercâmbio, e nem sei se vou vê-lo novamente depois que isso acabar! Além disso, não queria estragar nossa amizade; desenvolvemos algo legitimamente sincero, é como um irmão que eu nunca tive, que cuidava de mim. Vendo Liam ali de cima reparei como aquele casaco azul escuro com listras amarelas e vermelhas no centro se destacava no meio da multidão. E combinava perfeitamente com seus cabelos.

— Pronto, comida na mão, agora me conta tudo com todos os detalhes! — ele chegou bastante curioso.

— Não é nada demais! É só um menino da escola, a gente tá conversando mais por mensagens do que pessoalmente, mas ele faz eu me sentir de um jeito que não sei explicar... — comecei a contar uma história genérica sobre um garoto alemão. — Ele não veio para a festa, está viajando com a família, mas é engraçado como várias vezes no dia eu me pego pensando nele. Sei lá. Vamos ver o que o destino traz para nós — tentei encerrar o assunto.

— Hmmmm, gostei de ver! Espero que dê tudo certo e que esse tal garoto alemão nunca te machuque. Sempre que quiser conversar, você sabe que estou aqui pra isso, né? — ouvir essas palavras saindo da boca dele me deram vontade de o puxar para um abraço. — Sei lá, talvez por ser homem eu possa até te dar umas dicas, nós podemos ser muito estranhos e sacanas com as mulheres, o que é péssimo. Mas, ó, eu estarei aqui para te apoiar, não importa o que acontecer!

— Vocês homens realmente são difíceis. E obrigada, isso é bem legal da sua parte.

— E estou falando sério! – ele tirou uma das pernas que estava pendurada no mezanino, apoiou no chão e se virou de frente para mim. – Sabe Soph, aquilo que falei antes sobre aproveitar esse tempo aqui no intercâmbio para encontrarmos pessoas que encaixam com a gente, você é um ótimo exemplo para isso. Eu tenho meus amigos nos Estados Unidos, é claro, mas é diferente. Eu não imaginei que fosse me aproximar de alguém aqui na Alemanha como me aproximei de você, e isso me faz muito bem! Qualquer coisinha mínima que acontece eu sei que posso te contar porque você vai entender. Meus amigos em casa não entendem, eles não têm o conhecimento da cultura alemã, eles não sentem as mesmas emoções que a gente com os pequenos detalhes que vivemos por aqui...

Liam tinha razão. Contar as coisas para minha irmã e amigas do Brasil não era nada empolgante, porque elas não entendiam o que eu estava sentindo. E eu também acabei me apoiando no Liam durante todo esse tempo – qualquer coisinha que eu vivesse, compartilhava com ele. Ter uma conexão assim com alguém é algo muito especial.

— É muito bom saber disso, de verdade. Eu nunca fui uma garota que sabe lidar com sentimentos, sabe? Sempre guardei eles para mim, não contava para minha mãe de quem eu gostava na escola quando eu era mais nova, e isso só foi me tornando mais retraída ainda. E acho que é aqui nesse intercâmbio que vou aprender a controlar tudo que sinto.

— É isso aí! E se eu conseguir ajudar, ficarei feliz. Só quero te ver feliz, Soph. Com esse cara ou não. – Depois de ouvir isso dei graças a Deus por estarmos sentados com os pés pendurados para o andar de baixo, desse jeito eu mal sentia meus pés formigarem. – E é engraçado, minha família está até zombando de mim do tanto que eu pego no celular para conversar com você, ficam falando que temos algo rolando, mas eles simplesmente não sabem como funciona uma amizade verdadeira.

— Nós dois? Alguma coisa entre a gente? Aham, até parece – neguei todas as possibilidades, mesmo sabendo que era tudo que eu queria.

— Pois é. Eu já expliquei mil vezes que tenho namorada que você é só uma amiga. Falando nisso... Você é uma baita de uma amiga, viu? Obrigada por isso – disse Liam enquanto dava um soquinho no meu braço.

A cada vez que ele ressaltava que eu era uma ótima amiga, mais doído era. Por mais que eu soubesse que não teríamos nada e que ele era uma pessoa comprometida, eu ainda tinha uma gota de esperança. Daquelas bem pequenas, de um remédio amargo que sua mãe te obrigava a tomar quando criança.

E o efeito de saber que eu e ele nunca iríamos nos tornar um "nós", era tão amargo quanto. Agora só me restava engolir esse gosto ruim.

8

Já fazia quatro meses que havia falado para o Liam que estava tendo sentimentos por alguém, e a tática de não revelar a verdadeira identidade funcionava muito bem. Sempre que eu sentia algo específico e precisava desabafar, tinha segurança de falar com ele. Liam sempre me ouviu com calma e me deu conselhos ótimos para eu controlar minhas emoções, e conversar cada vez mais sobre aquilo me dava mais e mais vontade de abrir o jogo.

Mas com o passar dos meses, entendi que o que tínhamos ali era uma pura amizade. No sentido mais nu da palavra, segundo meu dicionário português-alemão, "a amizade tem a função de acrescentar ao outro, com suas ideias, momentos de vida, informações". E era isso que ele fazia comigo – me acrescentava.

Durante todo esse tempo, eu apostei minhas forças em aumentar meus laços de amizade também com a Femke e a Bia. Acabei ficando mais próxima da Femke na escola, que vinha me ajudando com o alemão, e da Bia, que era a única intercambista que eu fazia questão de ver. Recebi convite para mais alguns encontros da Youth Travel, mas a maioria deles era em alguma cidade muito longe da minha, então priorizei passar meu tempo na Alemanha com os verdadeiros alemães. Levei meus irmãozinhos para passear, fiz viagens de fim de semana com o Berndt, e até encarei uma ida a Londres de ônibus com a minha turma da escola que não gostava de mim.

Claro que não deixei de conversar com o Liam por mensagens, mas passamos a nos encontrar com menos frequência. Era importante lembrar a mim mesma por quem eu estava fazendo aquele intercâmbio. E não era por ele. Era por mim.

Num fim de semana qualquer, a Bia foi me visitar e conhecer melhor meus irmãos e a pequena cidade. O alemão dela era bem mais avançado que o meu, já que havia feito aula do idioma no Brasil, e assim conseguiu conversar com mais calma com os pequenos, o que foi muito divertido pois conseguimos passar um bom tempo brincando com eles, como eu fazia com a minha irmã quando era mais nova. A Femke também passou lá em casa para conhecer a Bia, e acabamos ligando para a Alice por uma videochamada.

– Ai meu Deus, que saudade de vocês! Nem acredito que você teve paciência para ficar amiga da Femke, Sophia! – ela atendeu com os olhos marejados de emoção ao nos ver juntas.

– Ei! O que é isso? Eu sou uma ótima amiga, nem vem!

– Você é uma ótima amiga sim, mas sua animação vem de outro planeta, né Femke? – eu completei, seguindo com gargalhadas dos dois lados da chamada.

– E aí, o que vão fazer hoje? Por favor, comam um clássico döner no Guido's por mim! – sugeriu Alice, se referindo ao restaurante que tinha perto de casa. Eles realmente tinham o melhor lanche da região, e era uma boa opção para a noite de sábado.

– Não sabemos ainda, mas gostei dessa ideia. O que mais podemos fazer para te homenagear? Podemos ter uma noite ao modo Alice! O que acham? – a proposta da Bia parecia bem interessante. – Qual é a diferença de horário? Você pode até nos acompanhar em tudo pelo celular!

– Amei a ideia! Quero participar de tudo. Já até sei o que vocês podem acrescentar na programação: ir ao cinema assistir ao novo filme do Tarantino.

– Ah, pronto... – zombei de Alice. Claro que era apenas uma brincadeira, porque eu sabia o quão apaixonada ela era pelo mundo dos filmes.

– Por favorzinho! Vocês me ligam com a câmera ligada e eu vou acompanhando vocês no Guido's e na entrada do cinema, como nos velhos tempos. Aposto que vou chorar quando ver o letreiro do cinema na rua... – Alice brincou e fingiu um choro. – Também quero acompanhar o caminho todo até Lingen, lembro direitinho daquela fazenda de hélices eólicas que tinha no caminho, que saudade!

– O cinema fica em Lingen? – indagou Bia, que não conhecia a região. – É lá que o Liam mora, né? Vou chamar ele também!

Eu ainda não havia contado à Bia sobre meus sentimentos pelo Liam, então sei que ela o convidou sem saber que isso me deixaria desconfortável. No momento em que ela falou seu nome, senti um gelado descendo da garganta até a barriga, então para me distrair acabei chamando as crianças e o Berndt para verem Alice, e a ligação durou mais uns 40 minutos.

– A sorte está com vocês, meninas! – disse Liam ao atender a videochamada. – Acordei com febre e cancelei a viagem que faria com os meninos, mas agora já estou me sentindo melhor e não tenho mais nada planejado para o dia. Encontro vocês na porta do cinema às oito!

Fazia mais de um mês que eu não o via pessoalmente, e saber que o encontraria dali a poucas horas fez meus pés formigarem. A última vez tinha sido no encontro de Natal dos intercambistas, em que todos foram acompanhados de suas famílias hospedeiras e tivemos um almoço tipicamente alemão, onde cada família levava uma comida à sua escolha. Eu, Berndt e as crianças resolvemos fazer a famosa receita de panquecas que a falecida mãe havia criado, e foi um sucesso entre o pessoal.

Enquanto eu e as meninas nos arrumamos para sair, me peguei pensando em qual roupa caía melhor em mim e poderia agradar ao Liam. Balancei a cabeça e joguei o pensamento para longe, pegando a jaqueta amarela que a Alice havia deixado para mim de presente. Hoje o dia era sobre ela, e não sobre o garoto que me fazia tremer de nervoso.

– Aaaaaah que saudade desse tapete! – Alice começou a chorar no telefone. Ela se referia ao chão de carpete do cinema, que era horroroso. Ele tinha um tom roxo com alguns traços e ondas verdes, o que deixava o ambiente super pesado. – Aposto que nesses trinta segundos aí dentro vocês já estão fedendo a pipoca com manteiga.

– Fedendo não, cheirando muito bem! – Liam chegou de surpresa pelas minhas costas. – Oi Alice! Vi a Soph de costas e a reconheci prontamente pela famosa jaqueta amarela. Quando a vi apontando a câmera para o carpete, imaginei que estivesse falando com você, a maior fã que o cinema de Lingen já recebeu.

Ele estava usando o mesmo casaco de inverno que usou no almoço de Natal: um sobretudo grafite com tecido de moletom. Por dentro, a clássica blusa de frio azul escura com uma listra amarela e uma vermelha. Ele não fazia ideia do quanto eu adorava aquela blusa.

Depois de comprarmos as pipocas doces e as balas de goma de ursinhos, lanche preferido da Alice para assistir um filme, seguimos para a sala do cinema. Durante a sessão, reparei que Liam estava inquieto, checando o celular várias vezes, tentando o fazer de forma escondida. Em uma das cenas pesadas, ele me disse baixinho que voltaria em breve, levantando e saindo da sala. No momento, achei que ele tivesse ido comprar mais pipoca, ou até mesmo ao banheiro, mas percebi que tinha algo errado quando ele não voltou mais. Enviei uma mensagem rápida perguntando se estava tudo bem, e não obtive resposta. Pensei em ir atrás dele, mas senti que, se ele não voltou e não me respondeu, ele precisava de privacidade.

Obviamente não consegui prestar muita atenção no resto do filme. Fiquei preocupada se podia ter acontecido algo com a família dele nos Estados Unidos, pois eu sabia que ele tinha um tio com câncer, e tinha muito medo de o perder enquanto estivesse longe.

— Preciso fazer xixi urgente, me segurei a sessão inteira. Vou correr para o banheiro antes que lote! Encontro vocês lá fora – eu disse ao me levantar, no segundo que os créditos começaram a aparecer na tela. Fui correndo até a entrada, procurando Liam por todos os cantos do saguão do cinema.

O encontrei sentado em um banco na rua, no frio de um inverno europeu, com o celular apoiado ao lado do corpo. Ele estava com a cabeça apoiada na parede de trás, olhando fixamente para cima, sem piscar os olhos.

— Ei, Liam. Está tudo bem? – perguntei me sentando ao lado dele com calma.

Nenhuma resposta. O olhar seguia fixo para o céu, que era limpo como um diamante.

— Quando se sentir confortável para falar sobre o que aconteceu, saiba que estarei aqui para você – tentei dar meu apoio a ele, segurando sua mão.

Ainda em silêncio, ele balançou a cabeça bem devagar e eu consegui ver uma lágrima escorrer por seu rosto.

E então ele deu a notícia que eu não esperava, mas que sempre quis ouvir.

— A Emily terminou comigo.

9

Era um mix de sentimentos muito esquisito. Foi uma surpresa, pois não imaginei que eles terminariam; Liam me contava muitas coisas sobre o relacionamento e parecia ser algo muito maduro e duradouro. Afinal, já eram três anos de namoro. Também senti alívio, pois era como se eu não precisasse me esconder mais, mesmo que eu não fosse me declarar e agarrar o garoto ali naquela situação. E, claro, muita tristeza por vê-lo assim. Essa, de longe, foi a emoção mais forte da noite.

Liam era um cara que sempre sabia o que estava fazendo. Não era preciso ter medo ao lado dele, pois ele tinha convicção de tudo. Era durão, e mesmo sabendo que todos os durões tinham sentimentos, ele parecia saber lidar com o que sentia. Nunca havia o visto em uma situação vulnerável, e vê-lo com os olhos inchados e o nariz vermelho foi uma quebra da imagem que eu havia construído do Liam. Ou do meu Liam, que só eu enxergava.

— Não tem muito o que falar, na verdade... — ele começou a se explicar. Ao ver a lágrima escorrendo em seu rosto, eu o puxei para um abraço, que fez ele desmoronar. Agora com mais calma, ele respirou fundo e colocou para fora o que tinha acontecido:

— Primeiramente, peço desculpas por ter mentido a vocês. Eu não cancelei o passeio com meus amigos por ter tido febre, foi porque passei o dia discutindo com a Emily e não estava me sentindo bem. Eu sabia que se eu saísse com eles, ficaria com a cara fechada o tempo todo. Aceitei o convite da Bia quando ela disse que estaria com você, porque com você não tem tempo ruim. Então resolvi vir para distrair a mente e aproveitar o tempo com minha amiga, mas no meio da sessão a Emily voltou a mandar mil mensagens e eu não consegui segurar a curiosidade. O filme já não estava fazendo sentido pois eu só pensava em tudo que ela havia feito, por isso achei melhor sair da sala e conversar com ela por vídeo aqui fora.

Entre as frases, ele soltava alguns soluços. Peguei meu celular e tinha três mensagens das meninas me procurando, e só então lembrei que elas também estavam por ali. Eu queria continuar conversando com ele, dando meu apoio e entendendo como eu poderia ajudá-lo a passar por essa barra, mas não sabia se ele gostaria que as meninas estivessem envolvidas também.

— Olha, por que você não vai lá pra casa com a gente? Podemos jogar uns jogos de tabuleiro, ouvir música, tomar umas cervejas e não pensar nisso hoje. Você está com cara de cansado de falar sobre o assunto, e não quero te forçar a nada. O que acha? — sugeri o programa sem consultar as meninas. O que importava ali era vê-lo bem.

— Acho melhor eu ir para casa tentar dormir um pouco, quase não peguei no sono na última noite, depois do que ela me contou.

— Bom, é você quem sabe. Estaremos em casa, qualquer coisa é só me ligar.

Ele assentiu com a cabeça, se levantou e pegou sua bicicleta.

— E ei... Você sabe que eu estou aqui por você. Fica bem. Te vejo na treffão semana que vem? — me despedi enquanto o abraçava. Seus cabelos estavam gelados, e ainda tinham aquele cheiro pós-banho que eu sempre adorei.

Voltei para o saguão e encontrei as meninas, que prontamente me perguntaram o que eu estava fazendo lá fora no frio.

— Estava conversando com o Liam lá fora, mas ele já foi embora. Mandou um abraço pra vocês! — tentei retomar a expressão facial de felicidade, mas elas logo notaram que tinha algo estranho.

— Ele estava lá fora desde a hora que saiu da sala? O que aconteceu? — perguntou Bia bem curiosa. Eu sabia que a informação do término em breve seria pública, mas não sabia se cabia a mim divulgá-la sem nem saber ao certo o que aconteceu.

— Ele e a Emily terminaram... Até o convidei para ir com a gente lá para casa, mas ele preferiu tentar dormir um pouco. — A notícia tinha caído como uma bomba e não consegui guardá-la só para mim. — Mas não sei muito bem o que aconteceu, só sei que ele está bem triste, então vamos manter isso entre a gente, ok?

– Nossa, tadinho! Nem consigo imaginar a dor que ele esteja sentindo. Como funciona um término assim? Você simplesmente para de conversar com a pessoa e exclui ela da sua vida? De todo jeito, espero que ele fique bem logo – disse Femke, que nunca tinha namorado sério.

– Eu namorei dois anos antes de vir pra cá, e terminar foi realmente muito difícil. Essa minha ex-namorada era muito amiga dos meus irmãos e adorava meus pais, e eu também era super próxima da família dela, então foi horrível acabar com o relacionamento e perder tanta gente – Bia já tinha me contado do namoro que ela teve no Brasil. Eu via o quanto seus olhos brilhavam toda vez que ela falava da ex-namorada... – Acho que sei o que podemos fazer para ele melhorar, é algo que meus amigos sempre indicam, e comigo realmente funcionou.

– O quê? – perguntei ansiosa.

– Ele precisa se envolver com outra pessoa! O mais rápido possível. Sei que a Rafa acha ele um gato, então na treffão do fim de semana que vem a gente junta os dois. O que acha Sophia?

Primeiro que eu achava que ela não combinava com Liam, e que ele merecia alguém muito melhor. Mas isso pode ser só o ciúmes falando mais alto, e eu não queria me expor, então respondi que era uma boa ideia e mudei de assunto.

Tentei não pensar muito nisso no resto da noite. Quando estávamos no Guido's e ligamos para a Alice, acabamos contando brevemente a ela o que havia acontecido, já que ela perguntou o porquê de o Liam não ter ido jantar conosco. Depois que chegamos em casa, jogamos algumas partidas de catan, o jogo de tabuleiro que Alice havia deixado de presente para Berndt, e montamos os colchões das meninas no meu quarto.

Já era mais de meia-noite quando elas pegaram no sono, mas não consegui pregar o olho. Me peguei pensando como eu deveria agir com meus sentimentos agora que o Liam não era mais comprometido. Eu não havia contado a ninguém como eu me sentia em relação a ele, e não pretendia fazer isso tão cedo, mas meu comportamento diante dele com certeza mudaria. Será que eu ainda conseguiria esconder que ele me deixa trêmula toda vez que elogia meu cabelo? Como será que eu reagiria ao vê-lo com outra garota no intercâmbio? Isso provavelmente iria acontecer, já que Bia disse que era algo que costuma funcionar depois de términos.

Entre um pensamento e outro vinha à minha cabeça a imagem dele sentado naquele banco, completamente desolado, com o rosto vermelho de raiva. A lágrima escorrendo em sua bochecha e o abraço que ele me deu quando desmoronou a chorar. Eu precisava estar ali para ele.

Senti meu celular vibrar e agradeci a interrupção dos pensamentos. Se eu seguisse pensando nele, era capaz de não dormir nunca.

Mas a mensagem que havia chegado só intensificou as reflexões.

De: Liam Baker
Para: Sophia Duarte
soph, você tá acordada?

De: Sophia Duarte
Para: Liam Baker
tô, as meninas estão apagadas, mas não consegui dormir. como você tá?

De: Liam Baker
Para: Sophia Duarte
não sei... tô confuso. acha que consegue sair do quarto sem acordá-las?

De: Sophia Duarte
Para: Liam Baker
acho que sim, por quê?

De: Liam Baker
Para: Sophia Duarte
tô no parquinho de crianças aqui na frente.

10

Ao lado da minha casa havia uma praça com alguns brinquedos para as crianças da vizinhança brincarem, mas ninguém nunca o frequentou depois das seis da tarde. O que o Liam estava fazendo ali a essa hora da madrugada?

Desci correndo ainda de meia, para não acordar ninguém na casa, e saí de pijama, pantufa e o maior casaco que encontrei na saída de casa.

– Meu deus Liam, o que você tá fazendo aqui? São duas da manhã! – cheguei praticamente dando uma bronca nele.

– Eu não conseguia dormir, precisava fazer alguma coisa com meu corpo. Você sabe, geralmente quando estou estressado eu saio para jogar futebol no clube, mas não tinha ninguém acordado para fazer isso comigo... Aí comecei a pedalar e quando vi, já estava aqui.

– Espera, aquela é a sua bicicleta? Você veio pedalando de Lingen até aqui? É quase uma hora de trajeto! – o tom da minha voz foi aumentando, como se eu fosse uma mãe brava brigando com uma criança – Tá muito frio aqui fora, vem cá – o puxei para outro abraço. Não adiantava dar bronca nele agora. Ele precisava de um ombro amigo.

Como estava extremamente frio na rua, o convidei para entrar. Pegamos almofadas das poltronas e do sofá e fomos para o escritório, para podermos conversar sem acordar ninguém. Sentados nas almofadas no chão, com canecas de leite quente na mão e a manta do sofá nos cobrindo, Liam me contou o que havia acontecido entre ele e Emily.

– Tem uns dias que ela estava meio estranha comigo, um pouco seca. Não respondia minhas mensagens com tanto entusiasmo quanto fazia antes, às vezes nem atendia minhas ligações. E aí na noite de sexta-feira ela me ligou e disse que achava melhor seguirmos nossos caminhos sozinhos. Eu não entendi muito bem o motivo, pois ela não explicava, só reforçava que acreditava que era a melhor opção para o nosso futuro. Tentei conversar, entender o ponto dela, mas ela é teimosa e continuou insistindo em terminar o relacionamento, sem justificativa.

A cada frase que ele falava, eu sentia um peso saindo de seu corpo. Era possível enxergar até sua postura corporal mudando. Se acomodando, ficando mais leve, entendendo mais as coisas. Ele respirava fundo, dava um gole no leite para se esquentar, e continuava a desabafar.

— Logo antes de chegar ao cinema, eu havia a confrontado se realmente não tinha acontecido nada específico para ela ter decidido isso de forma tão rápida e definitiva. Ela respondeu somente durante o filme, por isso comecei a receber tantas mensagens de uma vez. Foi somente quando li a que dizia que ela tinha beijado seu colega de trabalho que resolvi sair da sala e conversar com ela pelo telefone.

Eu não acreditava que ela tinha o traído. Liam pode ter muitos defeitos, mas ele é extremamente fiel a tudo que se propõe, é muito focado e dedicado a todos seus projetos, sejam eles profissionais, pessoais, ou até mesmo em simples relacionamentos com pessoas. Meu coração foi se apertando a cada minuto que passava enquanto eu ouvia aquela história, e tudo que eu queria era abraçá-lo e prometer que, se dependesse de mim, ele nunca mais sofreria por ninguém.

— Eu só consigo pensar que sou um trouxa, sabe? Fiquei esse tempo todo aqui na Alemanha me preocupando com ela, tentando manter meu carinho em todas as chamadas que fazíamos... E ela com outro. Isso dói muito, Soph — eu podia ver o quanto ele estava sofrendo, mas não sabia como ajudar. Nunca tinha tido um relacionamento sério ou qualquer experiência no mundo amoroso, mas já tinha visto todas as comédias românticas que passavam na TV. Talvez algum diálogo desses filmes possa me ajudar em algo. Eu sei que a vida da Emily está sendo bem difícil nesse último ano, o pai dela abandonou a família e mudou de país sem dar muita notícia ou organizar as coisas da casa, e isso mexeu muito com ela. E aí, para somar, resolvi ficar um ano inteiro longe de casa. Eu não deveria ter vindo para cá.

— Liam... não pense assim — ele negou com a cabeça, sem querer me ouvir. Dei-lhe um tempo para pensar no que ele tinha acabado de dizer.

Ficamos um pouco em silêncio, ele ainda olhando fixamente para o céu limpo do outro lado da janela, como se estivesse fazendo algum tipo de conta.

— Será que ela estava tentando me substituir?

— Não sei se é bem assim...

— Tipo, se eu não estava lá para preencher a lacuna da pessoa com quem ela se relaciona, sai nos fins de semana, conversa de madrugada no telefone... Ela deve ter ido em busca disso em outro lugar.

— Liam, não coloque a culpa em você – tentei reforçar de que ele não tinha culpa de a Emily ter o traído – A infidelidade partiu dela. Você fez a sua parte!

— Não estou me culpando, estou tentando pensar nos possíveis motivos para ela ter feito isso. Em menos de um ano ela perdeu os dois homens da vida dela – o pai e eu.

— Ela não te perdeu! Você veio pra cá comprometido com ela, ligando todos os dias, fazendo tudo o que você podia para se manter sendo o namorado perfeito.

— Ela me perdeu fisicamente, então. Eu não estava do lado dela quando ela precisava sair de casa, pois não aguentava a mãe falando mal do pai. Ou depois do bar, com o efeito do álcool, eu não estava lá para ficarmos juntos... Se é que me entende.

— Eu acho que mesmo assim, nada justifica ela ter agido pelas suas costas. Se ela estava se sentindo desolada ou desamparada, ela podia ter conversado com você.

— Soph, pensa aqui comigo: sem o pai por perto, ela também perdeu a figura de líder, que era a que ele preenchia no contexto em que eles viviam. Qual o outro tipo de líder que ela tinha? O líder fora do âmbito familiar, como um professor, um ídolo, um chefe. E esse cara que ela beijou é o gerente na loja em que ela trabalha.

Até que esse raciocínio fazia sentido. Ela perdeu as principais figuras masculinas que tinha na vida e acabou se apoiando em outro lugar. Pelo que Liam já tinha me contado dela, Emily sempre teve problemas familiares mas nunca os tratou. Ele tentou convencê-la de fazer terapia, mas não conseguia vencer a teimosia.

— Eu não deveria ter vindo... Ela ficou sozinha lá.

— Ei, não diga isso. Você não é o culpado disso ter acontecido, ok? Você veio para cá para se encontrar, conhecer outras pessoas e crescer na vida.

— Eu nem precisava conhecer essas outras pessoas, eu estava bem lá em Chicago.

– Bom, você me conheceu, isso não foi no mínimo divertido? – zombei dele e soltei uma risada para descontrair o ambiente. Ele devolveu a brincadeira com um sorriso sincero, que ressaltou a parte inferior dos seus olhos, com um inchaço resultante de uma mistura do riso com o choro. Meu coração acelerava toda vez que ele sorria assim, e agora, olhando no fundo dos meus olhos, o sentimento era tão forte que eu era capaz de ouvir os batimentos

– Eu imagino que esteja sendo difícil, Liam... Estou aqui com você. Vou te ajudar a passar por isso!

– Você é a melhor companhia que eu podia pedir agora. Obrigada por tudo, Soph – ele disse enquanto deitava nas almofadas e apoiava a cabeça no meu colo. Balancei a cabeça já sabendo que meus pés iam formigar, mas não senti nada.

Eu não estava nervosa. Eu estava tranquila e confortável, onde sempre quis estar.

11

A semana seguinte se arrastou no tempo. Eu sabia que estava ansiosa para o treffão do fim de semana, mas não acreditava que isso iria mexer tanto comigo. A forma como o Liam atacava minha ansiedade era diferente...

Minha conversa com o ele no escritório deve ter durado umas boas horas, e acabamos pegando no sono no meio do assunto. Não lembro exatamente em que momento fechei meus olhos, mas sei que dormi muito bem, mesmo que tenha sido um cochilo de menos de uma hora. Acordamos com a luz do sol invadindo o ambiente, já que estávamos com as cortinas abertas para vermos o céu puro lá fora. Liam voltou para casa no primeiro trem do dia, e eu retornei ao quarto para dormir novamente junto às meninas, mas também não consegui relaxar. Fiquei acordada o resto do dia pensando em como Liam ia lidar com tudo isso, e como foi confortável dormir com ele no chão do escritório. Os menores e mais simples momentos podem ser os mais significativos, e eu faria de tudo para ter mais noites como aquela.

Diferente do resto da semana, o sábado passou tão rápido quanto uma temporada de série que você maratona sem pausar para ir ao banheiro. O encontro dos intercambistas dessa vez foi numa cidade na Holanda chamada Bourtange, que tinha o formato de estrela. Fui ao hotel indicado no e-mail e vi que nem todo mundo tinha chegado, mas de longe avistei Liam sentado em um dos pufes espalhados pelo centro de convenções. Sempre precisávamos de um espaço grande, pois éramos mais de cinquenta jovens estrangeiros, e o encontro acabava adicionando a turma de monitores da Youth Travel e algumas famílias hospedeiras que passavam o dia conosco.

— Pequena Soph! Vem cá, senta aqui! – gritou Liam quando me viu, achando que eu ainda não tinha o encontrado. Era impossível não o reconhecer, ele era sempre a única pessoa do recinto trajando camisetas de times de futebol.

— Nossa, que camisa linda! Me explica de novo, por que você tem tantas camisetas de clubes aleatórios do mundo inteiro? – eu não entendia o fanatismo dele por futebol.

— Obrigada! Essa é linda, né? É do Benfica, um dos principais times de Portugal, foi a última adição à coleção, consegui em um brechó lá em Lingen. – disse ele enquanto admirava a própria camiseta.

— E de onde você conhece um time de futebol de Portugal? Eu achava que lá nos Estados Unidos vocês não davam muita importância para isso, somente para o futebol americano! Ainda fico surpresa só de lembrar quando você me contou que tem camisetas do Cruzeiro... – foi um dos primeiros assuntos que falamos no dia que nos conhecemos lá naquela festa. Ele também tinha o uniforme de outros dois times paulistas, mas lembro de ficar encucada em saber que ele tinha logo a camisa do time rival do que eu torcia.

— Ah, não sei como começou, mas sempre fui muito mais fã de futebol do que o futebol americano. As partidas são mais eletrizantes, e eu não consigo me imaginar jogando um esporte que eu tenha que enfrentar outros homens com ombros gigantes vindo pra cima de mim — ele imitou um jogador de futebol americano avançando outro enquanto terminava a fala.

— Quem é aquele ali com fone na cabeça, você conhece? Ele não estava no último treffão, estava? – perguntei, apontando para o garoto sentado logo ao lado do palco.

— Não, não estava... Não sei quem é, vamos lá nos apresentar? Pode ser um dos jovens alemães que querem fazer intercâmbio ano que vem, talvez a gente tenha dicas para ele.

Já estávamos levantando do pufe quando Bia nos encontrou e nos puxou para contar alguma fofoca. Aparentemente, um menino da Colômbia tinha sido expulso e mandado de volta para casa por ter mentido para a agência e ido curtir as festas tradicionais de carnaval em Köln. O papo foi interrompido pelo diretor da agência, já em cima do palco, com o tal garoto ao lado.

– Oi, pessoal! Primeiramente, obrigado a todos por terem vindo. O encontro de hoje será um pouco diferente, pois temos muitas coisas para conversar, então vamos seguir com o cronograma e não estender muito nos assuntos. Portanto, já vou começar com uma notícia: esse aqui ao meu lado é o Wesley Fischer, ele chegou da Austrália há três dias e está morando em Nordhorn. Acho que quem mora na mesma região são vocês, não é, Liam e Sophia? Bom, Wesley, fique à vontade para se apresentar – o diretor repetiu a última frase em inglês para que Wesley pudesse entender.

– Oi, gente... Vou falar em inglês porque não sei falar nada de alemão ainda. Bom, meu nome é Wesley, mas podem me chamar de Wes, não estou acostumado com ninguém falando meu nome inteiro, nem mesmo meus pais. – o sotaque australiano era bem diferente do que eu estava acostumada a ouvir do Liam, então demorei uns segundos para entender – Cheguei há poucos dias e só conheço o centro da cidade que estou morando e minha escola. Vou embora em julho, assim como vocês. Acho que é isso, não vou atrasar o cronograma de hoje então quem quiser conversar é só me chamar depois. – ele concluiu zombando do diretor com sua pranchetinha e horários marcados. Ele tinha um jeito meio estabanado que era engraçado, parecia um garoto legal.

Ao descer do palco, Wes levou um tombo e quase caiu de cara no chão. Conseguiu se equilibrar em seus bons 1,80 de altura, pulou o resto dos degraus e disfarçou dizendo que foi tudo combinado para quebrar o clima. Como estávamos no pufe mais próximo da escadinha e tinha espaço sobrando para sentar, fizemos o sinal para ele se juntar a nós.

– Seja bem vindo, Wes! – disse Liam, enquanto o diretor organizava os papéis em suas mãos. – Meu nome é Liam, moro em Lingen, pertinho de Nordhorn.

– E eu sou a Sophia, moro em Veldhausen, também bem perto de onde você está ficando – reconheço prontamente o nome da cidade dele, pois era a única parada de trem entre minha casa e a de Liam – Sou do Brasil.

– E você é de Portugal? Eu não sabia que tinha intercambistas de países europeus para cá... É tão perto! – perguntou Wes apontando para a camisa de Liam. Eu logo soltei uma gargalhada que fez o diretor me assassinar com o olhar, então combinamos de conversar melhor depois.

O principal assunto a ser discutido no dia era sobre a viagem que faríamos dali a poucas semanas, o EuroTour. Era uma viagem por vários países europeus, com todos os jovens da região pegando trens para lá e para cá, e tinha tudo para ser inesquecível. Eu já vinha pensando nisso há meses, ansiando pela época da viagem, porque é sempre um marco para quem faz intercâmbio na Europa.

– Agora me conta, por que você vai ficar só seis meses aqui? – indagou Liam depois de explicar que aquela camisa era só parte de uma coleção, e que ele era natural de Chicago. Durante uma pausa e outra das falas do diretor, conseguimos trocar algumas frases entre nós.

– Ah, é que eu faço parte de uma escola livre de música lá em Melbourne e se eu ficasse um ano inteiro fora perderia a bolsa, então só poderei ficar durante um semestre – esclareceu Wes. – É triste, mas era o único jeito. Me sinto um pouco incomodado de chegar no meio do intercâmbio de todos vocês, que já têm amizades formadas, mas era melhor isso do que não sair nunca da Austrália.

– Pode ficar tranquilo que você não vai se sentir excluído! A gente te adota, nossa dupla acaba de virar um trio – eu podia sentir com muita clareza que o Wes tinha algo em comum comigo e com o Liam. Não sei se era pelo fato de ele ser atrapalhado ou ser a única pessoa além de nós que estava usando um All Star, mas eu sabia que daria certo conosco.

Wes sorriu e agradeceu sussurrando quando o diretor voltou a falar da viagem. Nós embarcaremos num trem em Bremen em direção a Hamburgo, e de lá seguiremos a Berlim, Praga, Viena, várias cidades na Itália, um acampamento na Suíça, Bruxelas, e então cada um para sua casa. É muito louco pensar que em menos de 20 dias você consegue cruzar diversos países de trem, conhecendo cantos completamente diferentes em cada lugar. E eu mal podia esperar por essa viagem e todas as novas culturas que eu iria conhecer.

Depois de nos passar todos os detalhes do roteiro da viagem e também suas regras, que incluíam a proibição de dormir em outros quartos nos hotéis, seguir os horários combinados e não usar nenhuma droga, finalmente tivemos tempo para conversar com Wes e seguirmos para o passeio do dia. Eu estava curiosa para entender como era aquela cidade que tinha o formato de uma estrela, e também para conhecer melhor o novo garoto da turma.

– Olha só, você gosta de Vance Joy? Sou muito amigo do irmão dele, estudamos juntos quando éramos mais novos. Aliás, foi ele que me levou ao mundo da música, sabia que o nome verdadeiro dele é James Gabriel? – disse Wes apontando para meu moletom, que eu comprei no show do Vance Joy que havia ido com a Femke.

– Como assim você CONHECE O VANCE JOY PESSOALMENTE? – gritei e assustei as pessoas da recepção do hotel enquanto caminhávamos para a rua. – É um dos meus músicos preferidos! Meu deus do céu, você precisa me apresentar ele, eu vou te visitar na Austrália, a gente dá um jeito, preciso que ele autografe tudo que eu tenho dele!

– E eu não sabia que ele era tão famoso fora da Austrália! Nunca imaginei que fosse fazer sucesso no Brasil, inclusive. Eu também amo a música dele, depois vou te mostrar fotos de quando eu era pequeno e ia na casa dele brincar com os instrumentos.

Eu não acreditava que havia apenas uma pessoa de conexão entre o Vance Joy e eu. Vi que Liam estava conversando com outra pessoa perto de nós e gritei seu nome para lhe contar, pois sabia que ele também gostava de algumas músicas, mas ele não me ouviu.

Chamei novamente, e ainda assim ele não virou. Poucos segundos depois e consegui ver quem estava ao seu lado, praticamente grudada, tirando fotos e o abraçando.

Era a Rafa, e a Bia provavelmente havia lhe contado sobre o término, a encorajando a tentar algo com ele.

12

— Sophia? Ei, Sophia? — Wes me cutucou, já que eu parecia estar com a mente em outro lugar e não respondia.

Confesso que nunca fui de ter ciúmes, mas senti uma pontada no coração ao ver Liam tão próximo da Rafa. Eles nunca foram amigos íntimos ou nada parecido, então vê-lo a abraçando e posando para fotos era desconfortável para mim. Afinal, ele tinha acabado de sair de um relacionamento super longo, e depois de um término tão traumático, envolvendo traição, não deveria estar sofrendo? Será que ele era tão bobo e se deixou levar com o plano da Rafa de seduzi-lo?

Eu só sei que não podia deixar isso me consumir. Afinal, quem sou eu para julgar as atitudes dele? Quem sou eu para julgar qualquer coisa? Eu nunca tive um namorado para saber como lidar com um término… Mas acho que não mergulharia tão fundo na primeira oportunidade que me aparecesse.

— Oi, perdão, eu estava pensando se eu tinha colocado o remédio de cólica na minha bolsa… — inventei uma desculpa. Falar de ciclo menstrual e coisas femininas era sempre uma boa ideia, porque assim ninguém contestava.

— Minha mãe me mandou mensagem perguntando se alguém vai voltar de trem para algum lugar perto da minha cidade, pois ela não vai conseguir vir me buscar de carro. O trem que você pega é o mesmo que vai para Nordhorn?

— É sim! É o mesmo do Liam também, podemos voltar nós três juntos, a gente te mostra tudo da região. Dependendo da hora, podemos até jantar juntos lá em Lingen, que tem mais restaurantes e bares, o que acha? — o cronograma do dia estava previsto para acabar às cinco da tarde, imaginei que seria legal sair com os meninos de noite e mostrar a região para o Wes.

— Por mim pode ser, só vou avisá-la para não ficar preocupada.

Assim que Wes tirou o celular do bolso para digitar a mensagem, reparei que ele tinha uma tatuagem de uma nota musical na mão, entre o punho e o dedão. Tinha muito sobre ele que eu ainda queria aprender.

— Com quantos anos você fez essa tatuagem? Tenho vontade de fazer várias, mas no Brasil não é tão comum em menores de idade – eu sempre sonhei em tatuar meu corpo, tinha várias referências de desenhos salvas e mal podia esperar para completar 18 anos.

— Tem um ano, mais ou menos. Fiz escondido dos meus pais e usei blusa de manga longa por um bom tempo, até que um dia eles viram. Fui ao estúdio de tatuagem com um amigo no dia que recebi a notícia que havia sido aprovado na Escola Livre de Música de Melbourne.

— Achei bem legal, principalmente o lugar do corpo: não é nem no dedo, nem na mão, e nem no punho. E o que você estuda lá?

— Toco bateria desde pequeno, mas nunca me encaixei naquele estereótipo de formar banda de rock nem nada... Aí me apaixonei pelo jazz! Consegui a bolsa e venho estudando o gênero nesse último ano – música é algo que pode mexer muito com a gente, e conhecer alguém tão próximo dessa arte é bem interessante.

Seguimos com o passeio na tal cidade com formato de estrela, e era literalmente isso – uma fortaleza construída pelo exército holandês no século XVI com cinco pontas para proteção contra os ataques. A estrela era rodeada de água para dificultar o acesso ao forte e contava com pequenas pontes que ligavam a vila a áreas verdes com grandes quantidades de árvores, que eram usadas como paredes para tapar a vista. Com o fim da guerra, a vila se tornou uma atração turística da região, e contava com hotéis, restaurantes e museus no pequeno centro da estrela.

Passamos horas desbravando os canhões que ainda restavam por lá, assim como os museus e as pontas da estrela, e foi só no fim do dia que me dei conta que eu praticamente não havia conversado com o Liam durante todo esse tempo. Dividimos a mesa do almoço com a Bia, Rafa e Wes, mas logo depois nos separamos novamente e eu segui contando ao Wes sobre o programa intensivo do jornal e como minha vida mudou em pouquíssimas semanas.

Nos reunimos no centro da estrela quando o cronograma oficial do passeio chegou ao fim. O sol ainda não tinha se posto e o dia estava extremamente agradável, então alguns dos intercambistas tiveram a ideia de conhecer melhor a mini floresta que tinha logo atrás das últimas pontas da estrela.

– Tem um mercadinho naquela ponta ali, o que acham de comprar cerveja e jogar uma partida de flunkyball antes de ir embora? – sugeriu Liam, que estava ao nosso lado já que voltaríamos juntos de trem.

– Flunkyball? O que é isso? – indagou Wes, que nunca havia ouvido falar no jogo, assim como qualquer estrangeiro que não morou na Alemanha.

– Acho mais fácil nos acompanhar do que ouvir todas as regras, mas eu faço resumo: envolve acertar o alvo com uma bola e beber cerveja.

– Parece algo completamente maluco, mas eu topo. Afinal, vim em busca de experiências, não é? Vou até me preparar melhor para o esporte! – brincou Wes enquanto soltava os cabelos castanhos e os prendia novamente em um coque.

Ao chegarmos na floresta, encontramos um gramado no centro sem nenhuma árvore, como uma quadra perfeita para o jogo. Quando fomos formar os times, Liam acabou ficando no time adversário, junto com Rafa, dois garotos do Uruguai e uma peruana. Foi a primeira vez que jogamos em times opostos, e isso me gerou uma sensação esquisita. Wes se juntou a mim e ao resto do pessoal, que vinha do Canadá e México, e nos posicionamos do nosso lado da quadra. Como não tínhamos uma bola, tivemos que checar qual dos jogadores tinha o maior pé, e acabamos usando um dos tênis do Wes para acertar o galão de água que também compramos no mercado.

– Caramba, como vocês conseguem beber tão rápido assim? – disse Wes depois da primeira rodada, praticamente soluçando.

– Bem vindo à Alemanha, meu amigo! Logo logo você alcança nosso ritmo! – gritou Liam do outro lado da quadra.

– Eu nem sei como eu consigo durar uma partida inteira, mas dizem que a prática leva à perfeição, né? Afinal, são muitos meses de treino, jogamos isso em praticamente todos os fins de semana – expliquei o motivo de tanta técnica no jogo.

O fato de estarmos lançando um tênis no lugar de uma bola acabou dificultando um pouco a partida, pois assim tínhamos pouco tempo para tomar a bebida. Isso também tornou o jogo mais tenso, em que a qualquer momento alguém podia terminar a bebida e sair do time, deixando a pressão de beber mais rápido e vencer o jogo em poucas pessoas.

Os primeiros a saírem foram os dois canadenses, seguidos da mexicana. Pouco tempo depois, restavam apenas Rafa, Liam, Wes e eu. Senti uma enorme tensão pairando no ar mas tentei ignorar. A cada saída de jogador, Liam e Rafa comemoravam de um jeito diferente, pulando, se abraçando, gritando, ficando cada vez mais intenso. Talvez a sorte de principiante não funcionasse com o Wes, pois Liam e Rafa acabaram suas bebidas juntos, vencendo o jogo.

E foi nessa comemoração que Liam a puxou e deu-lhe um beijo.

13

A semana teria passado rápido se minha cabeça me deixasse pensar em uma coisa de cada vez. Foi a primeira vez que vi Liam beijando alguém, e é difícil ignorar o pensamento de que eu daria tudo para ser este alguém. Eu não sabia como ele se comportava perto de alguém que tinha interesse, como ele daria as mãos à pessoa, como ele lhe abraçaria e beijaria. Claro que eu tinha imaginado, mas as imagens que havia criado eram todas comigo, e não com a Rafa.

Depois do fim do jogo, fingi costume e nos dirigimos todos à estação de trem. Liam permaneceu distante, sempre mais próximo da Rafa e da garota do Peru, que era praticamente uma extensão dela, mas fiz de tudo para que isso não me abalasse. Se Wes não estivesse ali, eu com certeza teria ficado deslocada, já que Bia foi embora de carro com seus pais antes mesmo do jogo começar.

— Nosso trem está chegando, vamos! — apressei Liam e Wes enquanto dava uma corridinha em direção à plataforma correta.

— Podem ir! Acho que vou passar a noite com o pessoal em Bremen. Tem uma balada nova que abriu na semana passada que parece ótima, não querem ir? — perguntou Liam. Ele nunca tinha demonstrado interesse em ir em baladas antes.

— Ah, prefiro ir para casa... Estou cansada e já tinha avisado Berndt que eu dormiria em casa.

— Acho que vou também, é meu primeiro fim de semana aqui e minha família não ia gostar se eu simplesmente sumisse. Mas na próxima podem contar comigo! — disse Wes com uma mistura de sentimentos. Ele era comprometido e empolgado ao mesmo tempo.

— Beleza, mas depois não venham perguntar tudo que aconteceu! O que acontece em Bremen, fica em Bremen, hein... — riu Liam.

Eu e Wes seguimos viagem e não paramos em Lingen para jantar. Naquele momento, não queria andar pela cidade e lembrar do que eu havia vivido com Liam. Não queria pensar em como ele estava se comportando de forma diferente, então sugeri explorarmos a cidade de Wes, que era até mais próxima da minha. Nenhum de nós conhecia muito bem a cidade, então fizemos como dois turistas perdidos e abordamos pessoas na estação de trem em busca de indicações para jantarmos.

Uma das coisas mais legais da Alemanha é que mesmo morando em uma cidade minúscula, em poucos quilômetros você consegue encontrar de tudo um pouco. Nordhorn, por exemplo, era a cidade mais próxima da minha e eu nunca tinha conhecido, perdendo todo o charme que havia por lá. A cidade contava com um lindo lago no centro, grande o suficiente para treinos de regata e passeios de jet ski. Em uma das pontas desse lago, estava o Pier99, um restaurante temático de praia construído em um píer de verdade em cima da água. Seu interior era todo de madeira, e o cardápio contava com pratos que pareciam deliciosos, além de seus drinks tropicais.

— Como eu não conhecia esse lugar antes?! — falei surpresa quando entramos no ambiente, rodeado de pranchas de surfe e desenhos e fotos de coisas relacionadas ao mar.

— Você nunca tinha vindo a Nordhorn? Minha família falou tão bem da cidade que eu achei que fosse super conhecida na região.

— Não, eu só sabia que existia pois é a última parada do trem antes da minha.

— Em algumas semanas o tempo deve melhorar e você pode vir andar de jet ski comigo, minha família também tem barcos a vela e disse que em breve poderemos tirá-los do fundo da garagem.

— Uau, eles são bem ricos, hein? — indaguei. Não era comum termos diferentes níveis sociais no interior da Alemanha.

— Parece que sim, pois a casa é enorme e o nome da minha rua leva o sobrenome da família em que estou morando. Eles são donos de uma grande indústria na região, então devem ser bastante conhecidos.

Wes contou um pouco mais sobre sua família hospedeira. Pouco antes de ele chegar, a Youth Travel o colocou em contato com a Ashley, uma outra menina da Austrália que também havia feito intercâmbio nesta família. Ela explicou que é uma família muito boa de morar por toda a liberdade que eles permitem ter, mas que é difícil não sentir falta de uma família normal.

— Como assim uma família normal? — perguntei curiosa.

— Eles tiveram somente um filho, que já se formou e atualmente mora em Paris. Ao que tudo indica, eles não fazem questão de receber intercambistas, mas acabam recebendo por politicagem... O pai é muito influente na região e por todo o nome da família e da indústria, ficaria bonito no jornal se eles recebessem jovens estrangeiros.

— Nossa, mas isso é muito esquisito. E como você se sentiu ao saber disso? Eu com certeza ficaria desconfortável!

— Bom, a Ashley disse que no fim das contas era bem divertido. Como eles não se importavam muito, ela podia fazer o que ela bem entendesse.

— Como assim?

— Ela disse que viajava todo fim de semana, dormia fora de casa e eles nem ligavam muito. Aliás, sabe aquele festival de música que tem em junho, o Hurricane?

— Claro que sei! É meu sonho! Mas a Youth Travel não permite que a gente vá até lá, eles dizem que é muita loucura para jovens estrangeiros, e se alguma coisa ruim acontecesse, estaríamos muito longe de casa — expliquei com tristeza. Esse era um tópico polêmico que rondava nas reuniões da agência.

— Ela conseguiu ir. Não sei como, mas também pretendo ir. Se topar podemos nos esconder juntos e dividir uma barraca lá.

Esse garoto parecia legal, mas perigoso. Desde o momento em que o conheci, ele aceitou praticamente todos os convites que recebeu e ainda sugeriu que quebrássemos a regra da YT para frequentar um festival de rock com duração de três dias. E tudo isso indicava que ele seria uma ótima companhia para o resto do intercâmbio.

A noite passou tão rápido quanto a mudança de comportamento de Liam no começo do dia. Perdemos as contas de quantos pedaços de pizza de sabor havaiano comemos, algo que eu nunca imaginei gostar na vida. Fazer intercâmbio era sobre isso — conhecer pessoas, cidades e sabores de pizza, tudo num dia só.

Não consigo nem pensar em todos os assuntos que trocamos entre um pedaço de pizza e outro, mas sei que foi o suficiente para ver que Wes era inteligente, emocional, maduro e completamente maluco ao mesmo tempo. As histórias dele na Austrália me fizeram sentir como se eu já o conhecesse há anos, e as músicas e séries que indicamos um ao outro mostrava como nossos gostos eram parecidos.

Depois de pagarmos a conta, ele me convidou a ir a pé até sua casa e conhecer a tal mansão em que morava. Chegando lá eu vi que ele realmente não estava brincando. A casa era afastada da rua, com um jardim enorme e uma fonte com passarinhos de cerâmica no centro, onde havia também um caminho em meia-lua para carros deixarem os passageiros em frente à enorme porta principal. Como já era tarde, recusei o convite para entrar, mas logo a mãe hospedeira de Wes veio à entrada me conhecer.

– Que bom que vocês já ficaram amigos! Entre, Sophia, vamos tomar uma taça de vinho, eu e o Georg acabamos de abrir uma garrafa! – disse a mãe mais chique que eu já vi, quebrando as regras da YT já no primeiro fim de semana do Wes no intercâmbio – não era permitido tomar vinho e destilados com menos de 18 anos, somente cerveja.

– Obrigada pelo convite, mas tenho de ir para casa. O último trem sai em breve, já havia combinado com meu pai – recusei da forma mais educada que eu consegui.

– Ah, deixe disso! Eu chamo um carro para te deixar em casa depois. Quem é seu pai hospedeiro? Posso conversar com ele para deixá-lo tranquilo – ela insistiu para que eu os acompanhasse no fim da noite de sábado.

A real é que Berndt sempre foi muito tranquilo com tudo, contanto que fosse combinado. Por isso, quando Angela o ligou e explicou todo o plano, ele não tinha motivo para negar.

O resto da noite e começo da madrugada foi ainda mais divertido. Descobri que Wes era melhor do que eu imaginava na bateria, quando ele tocou um pouco para nós. Angela e o marido haviam comprado uma bateria de presente de chegada para ele, assim ele não ficaria sem treinar durante o semestre fora de casa. Ele também zombou do meu sotaque americano em inglês, reforçando que o dele era mais original e bonito, e ainda falamos de todas as viagens que gostaríamos de fazer.

Eu estava sem preocupações, sem ansiedade no coração, e sem pegar no celular a cada quinze minutos para ver se tinha mensagem nova do Liam. Era a primeira vez que isso acontecia em meses, e foi por isso que não dei bola a todas as mensagens bêbadas que Liam havia me mandado durante a madrugada.

De: Liam Baker
Para: Sophia Duarte

estamos sentindo sua falta aqui na balada! você deveria ter vindo.

De: Liam Baker
Para: Sophia Duarte

anima dar uma passada no clube depois da aula na quinta-feira?

De: Liam Baker
Para: Sophia Duarte

eiiiii soph por que não me respondeeee.

14

Já tinha quinze dias que Liam vinha se comportando de forma esquisita. Primeiro ele se distanciou de mim e de Wes no passeio na Holanda e saiu com os outros intercambistas para a balada, enviando mensagens estranhas para o meu celular. Depois disso, nas ligações por vídeo que fazíamos com o grupo todo, ele parecia ignorar qualquer comentário meu ou do Wes, e recusou os convites que havíamos feito para jantar no Pier99 e passar algumas tardes no clube. Nós não deixamos de conversar por mensagens, mas a forma como nos comunicamos certamente mudou. Desde aquele fim de semana, conversamos pouco sobre nossos sentimentos e impressões, e muito sobre pequenas coisas, como uma música ou outra que estávamos ouvindo, ou comidas alemãs que descobrimos.

Com o Wes foi exatamente o oposto – em tão pouco tempo, conversamos sobre praticamente tudo que era intelectualmente possível. Descobri que, além da música, ele também era apaixonado por design e sonhava em ter uma empresa de design de aplicativos para celular, coisa que eu nem sabia que existia. Ele ainda contou mais histórias de sua família, falando dos prós e contras de crescer com três irmãs em uma casa pequena nos subúrbios de Melbourne. Um dos prós, ele mencionou, era a vasta quantidade de xampus e cremes para pentear que tinham em sua casa, e foi por essa influência das irmãs que ele decidiu deixar os cabelos crescerem. Mesmo os prendendo em um coque na maior parte do tempo, seus cabelos eram grossos, firmes e ondulados, e muito bem cuidados. Provavelmente muito mais macios que os meus, que são lavados com o primeiro xampu que aparece na minha frente.

Eu tinha a impressão que Wes e Liam tinham tudo para se tornarem grandes amigos, mas que não tiveram a oportunidade perfeita de se conhecerem tão bem, já que no dia ideal para isso Liam preferiu a companhia da Rafa. Nosso intercâmbio estava acabando em poucos meses e tenho certeza que eles iriam se arrepender de não aproveitar as últimas semanas juntos.

Pensando em uma possível amizade dos dois, criei um grupo para trocarmos mensagens entre nós três, assim também ficaria mais fácil de combinar de sair para jantar ou dar um mergulho no clube.

> De: Sophia Duarte
> Para: The Three Amigos
>
> **hey garotos, como vocês vão para o acampamento na praia no sábado? o que acham de pegarmos o mesmo trem?**

Essa viagem foi marcada um pouco em cima da hora, pois foi ideia dos monitores dos intercambistas, e ela havia caído como uma luva. Assim que fiquei sabendo do encontro, criei todo um plano para fazer Wes e Liam ficarem amigos. Tinha tudo para dar certo, até o momento em que Liam anunciou que não iria para a praia conosco.

> De: Liam Baker
> Para: The Three Amigos
>
> **não vou poder curtir a praia com vocês :(vou para paris visitar um primo meu que mora por lá, já tinha comprado a passagem há meses.**

> De: Wes Fisher
> Para: The Three Amigos
>
> **poxa liam que pena!! podemos ir no mesmo trem sophia, me encontra aqui na estação às 9h?**

> De: Sophia Duarte
> Para: The Three Amigos
>
> **ah não, liam! que chato. o que acham de jantar amanhã no píer, então?**

Eu não sei o motivo, mas sentia que era necessário eles se aproximarem o mais rápido possível. Para a minha surpresa, Liam aceitou o convite com facilidade, diferente do que vinha fazendo nas últimas semanas, e pediu que eu o encontrasse na estação de trem de Nordhorn para caminharmos juntos até o restaurante.

— Ei pequena Soph! Que saudade que eu estava, não te vejo há tanto tempo! — disse Liam ao me ver na plataforma da estação, me abraçando. Ele agia como se as últimas duas semanas não tivessem existido e nós estivéssemos tão próximos quanto antes.

— Você não tem nenhuma outra blusa de frio? Acho que todas as vezes que te vi, você estava usando essa azul — zombei de sua roupa. Era apenas um agasalho, mas era o agasalho que realçava seus cabelos e iluminava seu sorriso.

— O que posso fazer se ela é incrivelmente confortável? Você fala tanto dela que já vi que vou perdê-la em breve... Nada de roubar minhas roupas, viu?

— Como eu posso roubar suas roupas se você está sempre usando? Não é como se eu fosse invadir sua casa para roubar um casaco qualquer — brinquei.

— Minha casa eu espero que você não invada, mas não se esqueça que mês que vem passaremos três semanas juntos o tempo todo no EuroTour. Já vou até providenciar um cadeado à prova de garotas para a minha mala.

Continuamos a caminhada até o restaurante conversando sobre os mais diversos assuntos, e era como se o tempo não tivesse passado. Seja qual for o motivo da mudança de comportamento das últimas semanas, o importante é que o Liam estava de volta. Eu queria muito abordar o tema e perguntar a causa do distanciamento dele, mas o clima estava tão gostoso e divertido, que não quis interromper. Não valia a pena trazer o assunto à tona num fim de tarde tão relaxante.

— Poxa cara, que pena que você não vai com a gente amanhã. Mas olha, assim que voltar de Paris me mande uma mensagem, já vou falar de você pro pessoal que joga bola comigo para te incluir na lista dos próximos jogos! — disse Wes quando finalmente fizemos uma pausa da conversa para comer.

Se eu achava que precisaria de um plano elaborado para fazer com que ele e Liam se tornassem amigos, eu estava completamente errada. A partir do momento que comentei sobre o time de futebol que eu torcia no Brasil, os dois praticamente se apaixonaram um pelo outro. O assunto tomou conta da noite, e descobri que aqueles dois garotos eram mais fãs do esporte do que eu imaginava ser possível.

— Ok, agora tenho um tema que sei que agrada vocês dois, e que precisamos discutir com seriedade — falei enquanto caminhávamos para deixar Wes em casa.

— Por que eu sinto que você vai nos dar uma bronca? Está parecendo minha mãe! — brincou Liam.

— Que mané bronca, Liam. Quero falar do Hurricane, o festival de rock. Os ingressos começam a ser vendidos na semana que vem, e vi no calendário que o evento vai cair exatamente no meu penúltimo fim de semana aqui na Alemanha. Como faremos para ir?

— Você realmente acha que vai conseguir driblar a diretoria da Youth Travel, Soph?

— Eu não sei vocês, mas não perco esse festival por nada. Minha família já falou que eu posso ir, só tenho que tomar cuidado e não deixar ninguém da agência ficar sabendo. Como vocês estão pensando em fazer? — indagou Wes.

— Bom, eu tenho um plano... Mas preciso da ajuda de vocês para fazê-lo funcionar.

Wes e Liam pararam de andar ao mesmo tempo, com expressões de curiosidade no rosto. Enquanto Wes soltava seus cabelos e os prendia novamente, Liam arregaçava as mangas da blusa até o cotovelo. As duas coisas que mais me agradavam em cada um deles.

— O Berndt já conhece vocês dois. E, acima disso, ele também conhece as famílias hospedeiras de cada um de vocês. Percebi que nas últimas vezes que fui pedir permissão para sair e encontrar vocês, ele nem hesitou antes de dizer "sim". Ou seja, ele confia em vocês. E Wes, acho que conquistei sua mãe naquele primeiro dia em que a vi, né? E seu pai, Liam, sempre me cumprimenta com o maior carinho quando passo em frente ao banco em que ele trabalha.

Eles seguiam me olhando fixamente. Confesso que foi um pouco intimidador, mas também foi interessante ver os dois tão entusiasmados comigo.

— O festival começa na sexta-feira de tarde, e os shows vão até a noite de domingo. Se pegarmos o trem das duas da tarde, conseguimos chegar a tempo de montar as barracas e curtir os shows da noite. E na segunda-feira, se alcançarmos o primeiro trem do dia, estaríamos em casa às onze da manhã – continuei.

– Tá, mas como que eu vou sumir de casa por três dias? – perguntou Liam, duvidando do meu plano.

– Eu e você vamos falar para nossos pais que iremos passar o fim de semana na casa do Wes. Como a mãe do Wes já permitiu que ele fosse ao festival, não deve ser tão difícil convencê-la de acobertar nosso plano, caso seja necessário. Como seu pai gosta tanto de mim, posso estar com você quando você o avisar do programa, assim eu passo credibilidade também.

Os dois se entreolharam e eu conseguia ver os medos de Liam e a empolgação de Wes ao meu lado balançando os pés.

– Que isso Liam, tem que pensar tanto assim? É um dos últimos fins de semana do seu intercâmbio! Imagina acampar com seus amigos e ver shows das suas bandas preferidas por três noites seguidas? – disse Wes com muita empolgação e persuasão na voz.

– Eu não estou pensando se devo ou não, já tenho essa resposta. Estou pensando em como essa pequena menina pode ser tão genial. Nem acredito que vamos ver todos aqueles artistas ao vivo! – Liam pulou de tanta felicidade, e me deu um abraço como agradecimento.

Já era tarde e na manhã seguinte ainda tínhamos aula, então não prolongamos a conversa e combinamos de traçar todos os detalhes do plano quando Liam voltasse de Paris. Aproveitamos que a mãe de Wes estava acordada e a apresentamos a Liam, que o convidou a voltar quando ele quisesse.

– O Wes é um cara legal – disse Liam ao sairmos da casa dele em direção à estação de trem.

– Estava doida para vocês se aproximarem, tenho certeza de que serão grandes amigos.

– Fico feliz por você, Soph – ele disse ao cutucar meu braço com o cotovelo. O que aquilo queria dizer?

– Como assim? – questionei sem pensar duas vezes.

– Gosto de ver meus amigos felizes. E você se ilumina quando está com ele.

Ainda bem que estávamos caminhando lado a lado, assim ele não conseguiu ver a expressão no meu rosto. Permaneci olhando para o chão, tentando esconder a vergonha que senti. Que história é essa de luz especial quando estou com Wes?

– Não deixe ele te machucar, tá bem?

– Liam, o Wes é meu amigo, e é só isso.

– Por agora, ele é. Um dia você vai ver que eu estou certo – ele disse, com um sorriso tão brilhante que me fez ficar sem reação.

Todo esse diálogo me deixou confusa, com milhares de pensamentos passando pela cabeça. Será que o Wes sentia algo por mim e falou com o Liam? Era provável que ele tenha visto minha alegria da companhia, e percebido algo diferente. Mas não era pela presença do Wes. Era puramente ele ali, de volta, comigo.

15

    Era primavera e o clima não podia estar melhor: a paisagem pela janela do trem estava colorida e brilhante. Depois, na balsa até a ilha, sentimos o vento perfeito, que não era nem gelado e nem quente, e o suor não chegou a dar as caras o fim de semana inteiro. Durante as duas horas de trajeto, dividindo fones de ouvido para compartilharmos músicas, Wes e eu discutimos quais shows gostaríamos de ver no Hurricane e quais cidades do EuroTour estávamos mais ansiosos para conhecer. Os últimos meses do intercâmbio tinham tudo para ser perfeitos e intensos. Viagens, shows, mais viagens, e as despedidas. Eu definitivamente não estava preparada para largar todo esse sonho e voltar à vida real.

    Por ser estudante de música, Wes tinha um conhecimento prévio de bandas brasileiras. Lembro quando ele descobriu que eu era do Brasil e logo veio falar que adorava Skank, principalmente a música "Jackie Tequila", que tem uma pegada de reggae que lembrava muito as bandas australianas tradicionais que ele ouvia quando era mais novo. Aproveitei a curiosidade com a música brasileira e lhe mostrei uma das minhas bandas favoritas no mundo inteiro: Lagum.

    — Qual é a de vocês mineiros com música? Primeiro Skank, e agora essa tal de Lagum. Eu não sou um conhecedor da música brasileira, muito menos da mineira, mas com certeza esses artistas estão no topo da lista de melhores músicos do país — disse Wes enquanto ouvíamos sua então música preferida do dia — Gostei dessa chamada "Fifa", me mostra mais músicas deles!

    — Tenho uma ideia: ainda temos mais uma hora e meia de viagem, então vamos criar uma playlist e cada um adiciona quinze músicas que gosta, mas não pode ter mais de três do mesmo artista! — sugeri.

Depois de terminar a lista, que contava com Lumineers, Red Hot Chilli Peppers e John Mayer, finalmente chegamos à praia que tanto queríamos conhecer: a ilha de Langeoog. Apesar de ser uma cidade de praia (afinal, é uma ilha!), o centro da ilha fica abaixo do nível do mar. Parece confuso, mas para chegar à praia é necessário subir um pequeno morro repleto de grama e turistas nórdicos. Essa praia é tão exótica que sua faixa de areia é imensamente gigante e, dependendo do horário do dia e onde você está na faixa de areia, a maré pode subir repentinamente e te deixar ilhado. Essa faixa também não é plana e contém morros de areia, portanto, se você estiver no topo de um deles enquanto a maré sobe, terá que ficar lá até a maré baixar, ou nadar de volta para a costa.

— Você já se imaginou num lugar desse? — ele me perguntou olhando para o horizonte, sentado num montinho de areia que havíamos feito no topo de uma das ilhotas que se formaram quando a maré subiu. Já era fim da tarde, e não havíamos parado por um segundo sequer.

Quando chegamos ao centro da ilha, os monitores nos levaram ao alojamento em que iríamos passar a noite. Logo depois de deixarmos as mochilas e escolhermos os quartos, que eram compartilhados com mais cinco pessoas, começou a programação repleta de jogos, curiosidades sobre a região, passeios pelos museus e lanches. Só no fim da tarde é que fomos liberados para explorar as praias por conta própria.

— No topo de um montinho de areia, ilhada com água por todos os lados? Definitivamente não — zombei dele, rindo.

— Não, é sério. Olha isso! Você está no topo de um montinho de areia, ilhada com água por todos os lados. Com um australiano aleatório sentado ao seu lado. No norte da Alemanha! — Wes parecia maravilhado com tudo que estava acontecendo. Eu também estava, para ser sincera.

— Às vezes eu fico meio incrédula de onde nós estamos, também — concordei. — Eu saí de casa para passar poucas semanas na Europa, focada em estudar jornalismo, e já tem quase um ano que estou aqui. Nunca imaginei conhecer pessoas tão incríveis e fazer os amigos que eu sempre pedi ao universo — ele abriu um sorriso torto ao ouvir minha frase.

— Eu também não imaginei que fosse possível encontrar tanta gente legal. Obrigada pela companhia, Sophie — Wes passou a me chamar de Sophie depois daquela noite em sua casa, quando tomamos vinho com sua mãe. Zombamos do sotaque australiano dele, que tinha um puxado na primeira sigla, e desde então ele brinca com meu nome.

– Eu queria continuar aqui com vocês. Não queria abandonar você, o Liam, a Femke, a Bia e o Berndt, minha vida vai ser muito diferente sem vocês por perto – falei, com tristeza na voz.

– Imagina se a gente já se conhecesse desde sempre? Não teríamos essa convivência tão especial.

– Como assim? Tenho certeza que seríamos amigos e teríamos diversas histórias para contar!

– Mas os momentos não seriam únicos. Veja Sophie, estamos aqui fazendo uma coisa extraordinária, fora da nossa zona de conforto. Se esses momentos fossem padrão, nada seria espetacular.

– Tá, vou fingir que tô entendendo – falei, confusa com onde ele queria chegar com aquilo.

– É sério! Pensa bem, para as ocasiões se tornarem especiais, elas têm que ser únicas. Novas, diferentes, fora do normal. Imagina se sua vida fosse aqui na Alemanha desde o começo? Seria monótona, você não teria amigos intercambistas de vários países, nem faria essas viagens incríveis. E além disso, você não conheceria o Brasil, um dos países mais lindos do mundo.

Eu nunca tinha parado para pensar nisso. Estamos tão acostumados a sonhar e querer viver esse sonho para sempre, que não focamos em aproveitar o momento.

– Eu também não quero ir embora – ele continuou. – Daria tudo para continuar aqui, mas mesmo se eu voltar para a Alemanha em alguns anos, a vida não seria a mesma. Eu não seria um intercambista, jovem, com amigos fantásticos e viagens organizadas por uma agência.

– É, você tem razão... – foi tudo que consegui falar. Naquele momento, eu não queria pensar em como seria minha vida sem essas pessoas ao meu redor. Mas era inevitável. Eu tinha que aproveitar ao máximo meus últimos meses naquele lugar.

– Agora vamos, a água tá baixando e já conseguimos voltar ao grupo sem molhar os joelhos. Parece que eles estão formando times para uma partida de flunkyball, anima jogar?

Não tinha como não pensar no Liam toda vez que eu ouvia o nome do jogo, ou via pessoas jogando nos parques e nas festas. Ele não só era um apaixonado pelo esporte, mas também era muito bom, o que deixava as partidas mais divertidas.

> De: Sophia Duarte
> Para: Liam Baker
>
> **como está em paris? já foi na torre? e o louvre? me conta tudo!**

Mesmo não sendo boa no jogo, eu adorava assistir e ficar por perto. Algumas pessoas do grupo levavam tudo muito a sério, me arrancando gargalhadas. Permanecemos na areia por mais algumas horas antes de irmos jantar, aproveitando o tempo que tínhamos com os amigos. Eles com certeza fariam muita falta na minha vida.

Mesmo depois de jantarmos os clássicos cachorros-quentes alemães, continuamos todos juntos, sentados na areia com uma pequena fogueira no centro da turma. Como éramos de várias nacionalidades diferentes, era comum que alguns grupos conversassem em idiomas específicos, o que acabava fechando panelinhas e impedindo que outras pessoas entendessem e participassem dos papos. Por isso, decidimos fazer o que sempre une todas as pessoas em volta: jogar alguma coisa que todos conseguissem participar.

Claro que longe de casa e sem muita supervisão, a maioria das pessoas gostava de beber cerveja e fazer bagunça, então os jogos costumam envolver bebida alcoólica. Começamos com uma partida de sueca, um jogo em que cada carta do baralho tem um significado, e ao tirarmos ela do monte, devemos seguir o que a regra fala. Na vez de Wes ele tirou a carta de número 2, em que ele escolhe duas pessoas para beber.

– Sophie e Bia. Para comemorar a amizade de vocês – ele disse, abrindo um sorriso torto.

O jogo começa tranquilo, pois são pequenos goles de cerveja tomados a cada rodada. A não ser que você tenha azar na sua cola, como eu. Na segunda rodada, Wes tirou a carta do valete, em que dizia que a pessoa à sua esquerda deveria tomar uma dose de uma bebida mais forte.

– Ei, não, nada de cerveja! – gritou um garoto do México quando me viu bebendo.

– Mas não temos nada além da cerveja, e também nem podemos beber destilados – rebati, sabendo que algumas pessoas iriam rir de mim por ser tão certinha.

— Teoricamente, não podemos... – ele respondeu, tirando uma garrafa de licor da mochila. Eu não era muito de quebrar regras, mas pensei um pouco na conversa que tive com o Wes naquela tarde. Nosso programa iria acabar em breve, era a hora de me aventurar com essas pessoas.

> De: Liam Baker
> Para: Sophia Duarte
>
> **paris é linda!! ainda não fui ao louvre, só vi a torre e o arco do triunfo. como está tudo aí? conto com você para me falar de todas as fofocas!**

> De: Sophia Duarte
> Para: Liam Baker
>
> **a praia também é linda, você perdeu! por enquanto não tenho fofocas, mas estamos começando alguns jogos com cerveja, então talvez ao final da noite teremos do que falar. me mande fotos na torre!**

Poucas rodadas depois, quando começou a esfriar na areia e fomos para a parte de dentro alojamento, a Rafa sugeriu uma mudança de jogo. Para o jogo que eu mais odeio no mundo.

— É hora de jogarmos "eu nunca"! – disse ela empolgada, já se sentando no chão de uma mini sala que tinha no prédio. Era um alojamento estudantil que deixou de ser utilizado poucos anos antes, quando a ilha de Langeoog passou a ser puramente turística. Desde então, funciona como um albergue para jovens que lá visitam.

"Eu nunca" é o jogo mais detestável que existe. A ideia é fazer afirmações que começam com "eu nunca...", e o jogador que já tiver feito o que consta na frase, deve dar um gole da bebida. Infelizmente, entretanto, a maioria das pessoas só jogava com frases de conotação sexual.

— Tá, eu começo! Eu nunca... beijei ninguém aqui do grupo – disse Rafa, bebendo logo em seguida. Algumas pessoas beberam também, e todo mundo prestava bastante atenção em quem estava fazendo o quê.

— Não vale, o Wes acabou de chegar aqui! – exclamou Bia.

– Claro que vale, eu poderia ter beijado alguém no primeiro dia – ele rebateu bem rápido, como quem queria saber quem do grupo iria beber.

Praticamente todos beberam, menos eu e Wes. Nos olhamos e rimos, pois sempre éramos tachados de certinhos pela turma.

Ele era o próximo a falar, pois estava à esquerda da Rafa. Wes ficou pensativo por uns minutos, ouvindo xingos de "anda logo!" e "é pra hoje, viu?".

– Eu nunca tive interesse em ninguém aqui do grupo.

Eu me mantive quieta, porque não queria me expor. Além disso, o Liam não estava conosco, então tecnicamente eu não tinha vontade de beijar ninguém dali. Reparei que Wes também não bebeu logo de cara, então eu poderia jogar aquela teoria do Liam sobre Wes e eu direto no lixo.

Nas regras do jogo consta que é proibido beber se não for para responder a uma afirmação, e todos os jogadores devem dar o sinal positivo para o próximo jogador construir a frase. Várias pessoas deram goles de suas garrafas, e somente quando estavam sinalizando para que eu seguisse o jogo, Wes deu um gole longo e se virou para mim em seguida, sorrindo, esperando que eu falasse minha frase.

Foi só quando seus olhos azuis se cruzaram com os meus, em choque, que eu senti uma ponta de dúvida se deveria dar um gole ou não.

16

Acho que tenho o costume de só entender as coisas que acontecem na minha vida na manhã seguinte.

Quando abri os olhos e rolei na cama, senti algo ao meu lado. Levantei a cabeça sutilmente e vi as pernas de Wes vestidas na calça de moletom com estampa de cangurus, que eu reconheci de algum lugar. E aí tudo fez sentido.

Na noite anterior, depois da segunda rodada de "eu nunca" em que devíamos responder se tínhamos interesse em algum dos intercambistas, comecei a sentir meus pés formigarem. Eu não entendia o que estava acontecendo com meu corpo, sentia algo estranho no meu peito, como se tivessem o pressionando forte e depois soltando. Já não prestava muita atenção no jogo, então falei que não estava me sentindo bem e iria deitar um pouco para relaxar.

– É provavelmente a quantidade de bebida –menti para Bia e Wes.

Fui até a cama de baixo de uma das beliches no quarto que dividia com Wes, Bia, Rafa e sua amiga do Peru, peguei meus fones de ouvido, meu iPod, e deitei com a cabeça no travesseiro. Ainda sem entender o que eu estava sentindo, tentei me acalmar com música, coisa que aprendi bem pequena com minha mãe. Dei play na música do Bear's Den que levava meu nome, fechei os olhos e pensei no que se passava dentro de mim. Na minha família no Brasil, na minha família na Alemanha. Nos meus amigos brasileiros, estrangeiros e alemães. Eu era muito privilegiada de estar vivendo um sonho desse, e não havia motivo para angústia. Eu conseguia sentir que não era uma angústia ruim, do mal. Era apenas algo mais forte que eu.

Peguei meu celular e observei a foto que havia colocado de plano de fundo da tela: era a vista do topo da biblioteca lá em Amsterdã.

Imediatamente imaginei Liam ao meu lado, e lembrei do que ele me perguntou quando estávamos no último andar daquele prédio. "E aí pequena Soph, como está se sentindo?", ele tinha começado a conversa. E eu queria muito ele ali comigo para responder novamente o que já havia falado. "Mistura de sentimentos. Felicidade, alívio, tensão, medo...", lembro de ter falado. Dessa vez, a felicidade era de ter vivido algo tão extraordinário. O alívio era por ter superado meus medos iniciais. A tensão de imaginar os últimos meses no intercâmbio, e o medo de como vai ser minha vida quando voltar ao Brasil. Medo de perder todas essas pessoas que acostumei a ter em minha volta. Medo de não saber mais lidar com a realidade.

> De: Sophia Duarte
> Para: Liam Baker
>
> **estamos sentindo sua falta por aqui! mal posso esperar pelo eurotour!**

Não sei ao certo quanto tempo se passou, mas acabei me perdendo nos meus pensamentos. As músicas me acalmaram e consegui parar de sentir meu coração tentar pular para fora do corpo. Agora eu o sentia quentinho, se encaixando no seu espacinho dentro do peito.

– Sophie, tá tudo bem? – Wes entrou no quarto me procurando. – Achei que você tava passando mal de bebida, mas aí demorou pra voltar, e resolvi vir ver se tá tudo bem com você.

– Oi, tá sim! Só vim descansar um pouco. Acho que bebi demais e fiquei tonta, mas já estou melhor, obrigada por perguntar.

– O que você tá ouvindo aí? – ele apontou para meus fones de ouvido.

– Uma playlist que tenho para me acalmar. Funciona como uma receita de remédio, é impressionante!

– Opa, quero ouvir também! Vou só colocar meu moletom e já volto, esfriou bastante lá fora.

Wes saiu do quarto com sua mochila nas costas e voltou com uma calça de moletom vermelha com vários cangurus estampados de preto. Não consegui conter a risada quando vi a calça, ainda mais vendo ele com seus um 1,80 m usando uma calça tão infantil.

– Ei, para de zombar da minha calça! – disse ele ao ver que eu estava rindo.

– Não estou zombando, achei ela linda! E o casaco também, você fica bem de preto – era um moletom, com bolsos e capuz, e apenas uma frase em inglês estampada de branco: "remember to be kind", ou "lembre-se de ser gentil".

– Obrigado, eu também o adoro. Trouxe esse cobertor também, você não está tão agasalhada e eu não confio no aquecedor deste alojamento – Wes disse ao se sentar na cama comigo. Por ser tão alto, sua cabeça encostava no teto da beliche se ficasse ereto.

– Pode encostar aqui na parede comigo, se não suas costas vão se machucar – ofereci espaço a ele, posicionando mais um travesseiro ao lado do meu – agora coloca esse fone no ouvido, eu preciso te mostrar umas músicas!

Por algum motivo, aquela noite parecia estar parada no tempo, porque não consegui reparar quantas horas ficamos deitados ouvindo música. As meninas entraram e saíram do quarto algumas vezes, trocaram de roupa, buscaram mais bebida, e até pegaram seus travesseiros. Algo me indicava que estava rolando uma festa do pijama na sala, mas preferi ficar no conforto da minha cama. Por ser uma beliche, tínhamos um teto baixo que deixava a ocasião mais confortável, como um casulo. Enquanto ouvíamos as músicas, conversamos sobre as letras e o poder que uma música tem de mudar nosso humor e mexer com nossos sentimentos.

Como a cama era toda de madeira escura, Wes teve a ideia de desenhar nas placas que seguravam o colchão acima do que deitávamos. Pegou em sua mochila o estojo de canetinhas que sempre carregava consigo, e tirou a de cor prateada enquanto deitava novamente ao meu lado. Dessa vez senti meus pés formigarem, pois ele se deitou mais perto, com o corpo mais colado ao meu. Pelo menos estávamos deitados e meus pés não serviriam para nada.

No fone de ouvido passaram artistas como Bon Iver, Isbells, Iron & Wine e Novo Amor, nenhum que Wes conhecesse. Sempre fui muito fã de música e adoro mostrar novos artistas para os amigos, então era muito gratificante saber que ele estava gostando de tanta coisa nova. Em meio aos desenhos aleatórios no teto, que continham bandeiras do Brasil e da Austrália, junto com cangurus, araras e o mapa da Alemanha, Wes começou a escrever frases das músicas que estávamos escutando. Ele puxava a manga do casaco até o cotovelo para ter mais mobilidade, o que libertava seu punho esquerdo, grosso e firme, com fitinhas do Senhor do Bonfim que algum brasileiro havia lhe presenteado.

Where is just you and me, feels like we're in a trip... you know what I mean*

— Qual é a data do seu voo, mesmo? — ele perguntou durante o silêncio da troca de uma música e outra.

— Dois de julho — respondi. — E o seu?

— Acho que é dia 7. Já pensou no que vai fazer no seu primeiro dia de volta?

— Ainda não. E acho que nem quero pensar nisso, também. Melhor deixar para a Sophia do futuro resolver.

— Acho que eu vou pedir para os meus pais fazerem um churrasco bem australiano. Estou com saudade de comer costelinha ao molho barbecue... Mas você tem razão, temos que focar no que temos aqui, agora. Em poucos meses estaremos longe e não teremos as mesmas oportunidades de agora — ele disse, olhando para o teto com o braço apoiado na testa. E aí escreveu mais uma frase.

Well I suppose a friend is a friend. And we all know how this will end**

— Eu sempre quis ser canhota, sabia? — eu disse, apontando para sua mão enquanto ele escrevia.

— Nossa, por quê? Quase nenhum produto é feito para canhotos! A gente sofre com isso, sabe? Uma minoria esquecida pela sociedade — ele brincou, fingindo tristeza.

---

* "Onde somente existe eu e você, sinto como se estivéssemos em uma viagem... você sabe o que quero dizer"

** "Bem, suponho que um amigo é um amigo. E todos nós sabemos como isso vai acabar"

— Não sei explicar, sempre achei charmoso. Dizem por aí que pessoas canhotas são mais criativas e sonhadoras, então acho que eu tenho um pouco de recalque de vocês.

— Toma, tenta desenhar ou escrever alguma coisa com a mão esquerda — ele pegou minha mão e encaixou a caneta. Comecei a tremer imediatamente, e ele achou que fosse de mal jeito por não ter o costume de usar a mão esquerda. Mas na verdade isso aconteceu ao sentir seu toque em mim.

Dessa vez fui eu que escrevi, com muito custo, ao som de Ben Howard.

Watch me fall apart*

Quando terminei de escrever, vi que seu corpo estava de lado, perpendicular ao meu. Eu estava tão focada em conseguir escrever com a mão esquerda, que nem vi ele se mover. Rimos do tremor aparente na minha caligrafia naquela madeira, e segui tentando desenhar estrelinhas ao redor das frases enquanto ele virava o corpo de volta para cima.

— Ah, essa música eu conheço! Já fui em vários shows do Ziggy Alberts, ele é australiano também — assim que Wes terminou a frase, ele pegou a caneta de volta e deixou sua mão direita ali bem ao lado da minha. Elas não se encostavam, mas estavam tão próximas que era possível sentir o calor da sua pele.

These hands I can hold, I can hold**

Ainda sem trocar uma palavra sequer, apenas com o som da música em nossos fones de ouvido, Wes escreveu mais uma coisa ao lado da frase.

Can I?***

---

* "Me veja entrar em colapso"

** "Essas mãos eu posso segurar, eu posso segurar"

*** "Posso?"

O melhor de nós

Sem esperar minha resposta, ele levou sua mão à minha, entrelaçando os dedos com carinho. E foi só neste instante que reparei que nossos pés já estavam trançados uns nos outros.

– Wes... – tentei me posicionar. A palavra saiu num volume bem baixo, porque eu mal conseguia me concentrar. Era possível ouvir o batimento do meu coração acima do som da música.

– Sophie... – ele virou o corpo novamente e olhou no meu rosto. Neste momento, nossas mãos se desentrelaçaram e ele passou a ponta dos dedos no meu braço, debaixo do cobertor – me diga que você também está sentindo isso.

Seus olhos azuis me hipnotizaram, e não consegui pensar em uma resposta.

– Se for loucura minha, eu preciso saber. Preciso que você me diga, me pare agora, porque eu estou louco para te beijar.

Eu não conseguia reproduzir nenhum som, então peguei a caneta e respondi à sua pergunta na madeira.

Yes.*

---

* "Sim."

17

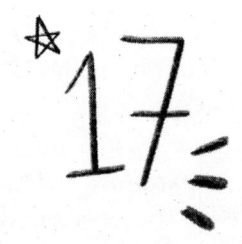

Depois de ver o corpo de Wes dormindo profundamente ao meu lado e lembrar dos detalhes da noite anterior, saí de fininho da cama em busca de um ar. Senti ele se mover e ocupar o espaço que liberei, mas não chegou a acordar nem reparar que estava sozinho ali. Eu precisava sair daquele espaço fechado e encontrar a paz da natureza para conseguir entender tudo que havia acontecido. É algo que aprendi com meu pai que, sempre que estava estressado, triste ou confuso, ia ao quintal de casa, tirava os sapatos e pisava descalço na grama. Ele respirava fundo, olhava para o céu, e deixava o sol banhar seu corpo. Eu precisava que a natureza me trouxesse um sentido para as decisões tomadas naquele momento.

Me enrolei no cobertor vinho que estava sobrando na cama de cima da beliche, e fui até a praia, passando por todas as pessoas que haviam caído no sono na sala do alojamento. Afinal, a festa do pijama tinha mesmo acontecido.

Eu nunca tinha visto o sol nascer antes, e essa foi definitivamente uma das cenas mais lindas que já contemplei na vida. A imensidão do mar acabava em uma faixa azul escura do céu, que em um longo degradê roxo e rosa chegava até o tom de laranja. Depois do laranja, outro degradê começava, terminando em um azul claro abrindo-se para o resto do céu.

Apesar de estar prestando atenção nas lindas cores que estavam à minha frente, meu corpo arrepiava de forma involuntária com lembranças da noite passada. Após ler a palavra que escrevi, Wes levou seus dedos ao meu pescoço, mantendo o polegar e a palma da mão em minha bochecha, e me beijou. Diferente do que vemos nos filmes, não foi um beijo com uma puxada de cintura, e nem de forma agressiva.

Ele levou seu corpo mais perto do meu, simplesmente para que não houvesse mais distância entre nossos lábios. Eu nem sabia que era possível ter tanto carinho envolvido em um só beijo.

Entre um pensamento e outro, senti que precisava organizar meus pensamentos colocando-os para fora. Digitei uma mensagem para Alice, mesmo sabendo que era madrugada no Brasil e ela não me responderia na hora.

De: Sophia Duarte
Para: Alice Rodrigues

amiga, preciso te contar uma coisa...

Acontece que eu tinha esquecido que era sábado e que ela tinha o costume de virar a madrugada assistindo filmes e fazendo resenhas para seu blog. Era seu momento sozinha com o cinema, e ela se sentia especial. Por isso, não demorou mais de um minuto para eu sentir meu celular vibrar de volta.

De: Alice Rodrigues
Para: Sophia Duarte

aaaaaaa tô curiosa! o que foi? você e o liam finalmente se beijaram?

De: Sophia Duarte
Para: Alice Rodrigues

nossa, achei que você fosse demorar para responder, assim não dá nem para fazer um suspense! hahah, mas não... não beijei o liam.

De: Sophia Duarte
Para: Alice Rodrigues

eu beijei o wes...

— AMIGA!!! — gritou Alice, quando me ligou por chamada de vídeo — Como assim? O que aconteceu? Cadê o Liam? EU TÔ CONFUSA!

Alice era a única pessoa que sabia sobre meus sentimentos pelo Liam. Ela o conheceu junto comigo, e acho que por não estar convivendo conosco no intercâmbio me sentia mais segura para me abrir.

— Ai Alice, eu também estou confusa! Não sei o que aconteceu que começou a pintar um clima enorme entre nós dois... Pareceu cena de filme, sabe? — falei, explicando tudo que tinha acontecido, incluindo o fato de Liam não ter ido conosco à praia.

— Menina do céu... E o que você sentiu quando vocês se beijaram? — ela perguntou.

— Nervoso. Meu coração pulava pra fora, não sei se meu corpo tremia de frio ou de tensão. Mas também foi muito bom. Foi aconchegante, confortável...

— E vocês passaram a noite juntos naquela cama minúscula? Eu já fui nesse albergue de Langeoog, sei muito bem que é super apertadinho!

— Sim, mas nada rolou. Se é que você me entende. Ficamos juntos ali, conversando mais um pouco, e acabamos pegando no sono.

— Amiga, você literalmente dormiu com o Wes e nada rolou???? — ela perguntou, perplexa.

— Claro que eu não ia fazer nada ali! Mal tínhamos nos beijado, e qualquer um poderia entrar no quarto!

— Mas você queria ter feito?

— Não! Alice! — gritei com ela, rindo — Eu acho que não, pelo menos. Não sei! Não me confunde mais, por favor!

— Tá bom, desculpa — ela devolveu a risada. — Mas olha, o que você acha que isso significa para você? Para a Sophia que só pensava no Liam?

A verdade é que eu não fazia ideia. Eu não tinha a menor capacidade de entender nada que havia acontecido.

— O problema é que eu ainda penso nele. Quando peguei meu celular hoje ao acordar, fui logo ver se ele tinha mandado mensagens, fotos, qualquer coisa. Na hora que sentei aqui, peguei o celular e atualizei as mensagens mais uma vez, esperando ouvir algo dele.

— Então o que será que o Wes significa para você? — perguntou de forma sincera, tentando entender o que se passava na minha cabeça

— Eu realmente não sei. Gosto demais dele, temos muitas coisas em comum, mas antes de ontem à noite eu nunca tinha imaginado nada romântico com ele! Não vou mentir, o beijo dele não é nada ruim. Mas eu acho que eu queria que fosse o Liam, sabe?
— Amiga...

E então eu soube. Eu não gostei de ter passado a noite com o Wes. Claro, foi tudo muito bom, mas a realidade é que não gostei de ter passado a noite especificamente com o Wes. Eu gostei de ter passado a noite com alguém.

Alice podia ser maluquinha da cabeça, mas era de longe a menina mais inteligente que eu conhecia. Passamos mais de uma hora ao telefone e com a ajuda dela pude entender os motivos que me fizeram beijar meu amigo.

Eu vinha lutando contra a vontade de me envolver com o Liam há meses, praticamente ignorando a existência de todos os outros garotos por aí. E, na primeira oportunidade de viver algo minimamente romântico, aceitei. Independente de quem estava ali comigo, quis experimentar o que eu tanto sonhava em sentir com o Liam, e acabei me entregando ao Wes enquanto pensava em outra pessoa.

Ainda durante a ligação com Alice, comecei a pensar – por que estava me guardando para o Liam? Eu já sabia que nós não teríamos nada juntos, e que ele tinha outras prioridades. Será que eu estava certa em pensar nele por tanto tempo a ponto de esquecer as outras pessoas disponíveis? Qual era a pior coisa que poderia acontecer se eu tentasse ter algo com o Wes? Não era como se fôssemos namorar ou casar. Afinal, o intercâmbio tinha uma data para acabar e nós dois sabíamos muito bem disso.

— O nascer do sol daqui é muito diferente do que estou acostumado a ver na Austrália — Wes disse chegando perto de mim. Só de ouvir sua voz senti meu corpo arrepiar. Fechei meus olhos, respirei fundo e abri um sorriso involuntário. Eu não fazia a menor ideia do que estava acontecendo dentro de mim.

— Eu nunca tinha visto o sol nascer, acredita? — falei, já chegando para o lado e abrindo espaço no montinho de areia para ele se juntar a mim.

— Como não? Nunca virou a noite com os amigos e foram para a praia ou para as montanhas ver o sol nascer?

— Não, acho que sou meio careta, sempre sou a primeira a cair no sono quando passo a noite com amigos, tenho muita facilidade em dormir.

— É, eu pude perceber ontem... — disse Wes rindo, olhando nos meus olhos pela primeira vez depois de dormir abraçado comigo a noite toda. Sua cabeça estava coberta com o capuz do moletom preto, o que fazia seus olhos azuis terem um forte contraste com o resto.

— Além disso, minha cidade no Brasil não tem praia, e não daria para subir para as montanhas por ser tudo muito longe e perigoso durante a noite — voltei a olhar para o mar, prestando atenção na calma da água. — E eu também nunca fui muito fã de praia, então não pensaria em ir ver o nascer do sol no mar.

— Como que alguém não é fã de praia? É uma das melhores coisas do mundo! É a natureza em sua essência!

— Por isso mesmo! A natureza é linda, eu sei, mas ela é muito forte! Eu morro de medo, é algo incontrolável e vai muito além do que a gente está preparado.

— Tá, agora você só pode estar maluca. Quando você for me visitar na Austrália vou te levar para acampar nas praias e montanhas e florestas e você vai ver como a natureza é maravilhosa — eu adorava como Wes falava gesticulando com os braços.

— E por que você tem tanta certeza que eu vou te visitar na Austrália?

— Porque não existe a menor chance de a gente não se encontrar novamente depois do intercâmbio.

Continuamos sentados contemplando o mar por mais quase uma hora, conversando sobre as coisas mais aleatórias do mundo. Eu ainda me impressiono com nossa capacidade de falar sobre todo e qualquer assunto, seja ele algo conhecido por nós ou não. Também tínhamos o costume de sempre ensinar algo ao outro. Por exemplo, eu contava para ele como funciona o sistema escolar no Brasil, e ele me explicava como é que se fazia para entrar em uma faculdade na Austrália. Além de os países estarem em lados opostos do planeta, toda a cultura era muito diferente, e não é segredo para ninguém que sou viciada em conhecer como outros países funcionavam.

— Sophie... Tá tudo bem? — perguntou Wes quando tivemos uma pausa de assunto.

— Ué, tá, por quê?

— Sobre ontem... Espero que eu não tenha ultrapassado nenhum limite.

— Ah, sim... Não ultrapassou nada não. Tá tudo bem, sim — respondi, virando meu rosto para o dele. Até esse momento senti que estávamos evitando olhar um no olho do outro, talvez por vergonha do que havia acontecido na noite anterior ou por não saber como se comportar com nossa própria companhia.

— Então você não vai achar ruim se eu te beijar de novo? — ele disse, levando o foco do olhar do mar à nossa frente para o meu rosto.

— Não, não vou — abri um sorriso involuntário. Eu realmente não fazia noção do que eu estava sentindo.

Ficamos juntos por mais alguns minutos na praia, até percebermos que já tinha dado a hora em que o café da manhã seria servido no gramado em frente ao albergue. Ao levantar para ir até as longas mesas com pães e iogurtes, reparei o quão alto Wes era.

— A gente pode deixar isso entre a gente? — perguntei, fazendo um sinal apontando para nós dois — Não quero que as pessoas tirem suas próprias conclusões ou inventem histórias por aí.

— Pode deixar, faremos o que te deixar mais confortável — ele me tranquilizou, dando um abraço apertado por cima dos ombros.

Como podia aquele moletom estar tão cheiroso depois de tanto tempo?

18 ♡♡♡

O restinho do domingo com os intercambistas na praia foi exatamente o que eu precisava para clarear minha cabeça. No começo do dia fiquei tão preocupada em entender o que estava sentindo e o que ia acontecer entre Wes e eu dali para frente, que quase não parei para apreciar os momentos com o pessoal na areia. Por que eu me preocupava tanto? Por que eu não deixava as coisas acontecerem aos poucos, da forma como elas deveriam acontecer? Sempre tive que tomar cuidado para não criar expectativas e acabar me frustrando, e agora não era diferente. Todas as coisas no mundo acontecem por algum motivo, então era só deixar rolar.

Aproveitei o restante da tarde com o pessoal e não demorei nem 30 minutos para pegar no sono quando cheguei em casa. Enquanto eu arrumava meu quarto e me preparava para dormir, bati o olho no calendário de parede com fotos de Amsterdã que havia comprado quando levei a Alice ao aeroporto e reparei que dali para a frente meus dias estavam contados, pois meu intercâmbio estava acabando.

É muito louco pensar que há pouquíssimos meses eu estava tomando a decisão de estender a permanência na Alemanha, e agora tinha que racionar passeios para me despedir da cidade e das pessoas. Na quarta-feira eu tinha um jantar de aniversário de casamento dos pais do Wes, e o fim de semana já estava reservado para uma mini viagem com Berndt e os pequenos; a semana seguinte era semana de profissões do colégio, com passeios por empresas da região, e logo depois eu embarcaria no EuroTour. Uma semana depois da viagem terminar era o tal festival Hurricane, e o fim de semana seguinte já era o meu último na Europa.

Eu definitivamente não estava pronta para ir para casa. Afinal, qual era minha casa? No Brasil, com meus pais e minha irmã, como sempre foi? Ou na Alemanha, onde eu sinto que realmente sou quem eu sempre quis ser, com os amigos que sempre sonhei? Já estava fechando os olhos quando senti meu celular vibrar na mesa de cabeceira.

De: Liam Baker
Para: Sophia Duarte

coisas que fiz em paris e quero sua companhia para fazer no eurotour: pegar um ônibus aleatório no centro da cidade e descer em qualquer ponto, sem planejamento algum.

De: Liam Baker
Para: The Three Amigos

terça-feira tô de volta, amigos! wes, que horas começa o jantar na quarta? nem sei se tenho roupa pro tanto que sua família é chique...

☆☆☆☆☆☆

Ainda bem que investi em me arrumar para esse jantar. Eu já conhecia os pais do Wes e o interior da casa também, então sabia que o evento seria no mínimo muito bem organizado e decorado, mas não imaginei que seria tão chique. Talvez eu deveria ter ouvido minha irmã e colocado um sapato de salto, mas não é algo que combina comigo mais. Além disso, eu sou só uma amiga do Wes, não quero chamar atenção entre os convidados.

O tempo estava extremamente agradável, as mesas foram montadas no jardim e a parte de dentro do espaço foi ocupada com fotos da trajetória do casal desde a época em que se conheceram, passando pela fundação da empresa, até hoje. A comemoração oficial era de aniversário de casamento, mas também da indústria, então acho que a festa era mais uma das jogadas políticas da família. Mas quem sou eu para reclamar? Havia sido convidada a uma festa chique com comida e bebida de graça no meio da semana.

— Uau! — exclamou Wes ao me encontrar na entrada da casa — Nem parece a mesma Sophia do fim de semana, coberta de moletom! — ele me abraçou e me deu um beijo na bochecha. Fiquei aliviada ao perceber que ele não tentou me beijar nem me tratar com algum romance. Mas confesso que senti curiosidade nos lábios dele.

— Viu só? Nem eu achei que pudesse ficar tão arrumada assim — brinquei.

Realmente fiquei impressionada com minha aparência. Convenci a Femke a cabular o último horário da aula e fomos ao centro procurar uma roupa para usar na festa, e depois de sete lojas eu finalmente achei o que tanto buscava: um vestido midi preto, liso, com alças fininhas e decote em V bem aberto. Eu queria uma peça de roupa que fosse versátil e pudesse ser usada em outra ocasião que não fosse uma festa de uma família rica no interior da Alemanha, então fiquei feliz em conseguir encontrar o tal vestido. Como não queria usar salto, coloquei uma sandália de tiras de cor salmão que amarrava uma espécie de cadarço no tornozelo, e passei quase uma hora inteira arrumando meu cabelo. Queria usá-lo solto já que o vestido era tão decotado, então o parti ao meio e fiz duas tranças grossas na franja, indo da partição central até atrás de cada orelha. Escondi e prendi o fim da trança na nuca, por baixo do cabelo solto, e *voilà*, o penteado estava pronto.

Ao sair de casa, me olhei no espelho e fiquei surpresa. Eu não estava bonita. Eu estava maravilhosa.

— Ah, Sophia! — clamou Angela ao me ver entrando na casa — Como é bom te ver, querida!

— Também é ótimo de ver, e feliz aniversário de casamento! — devolvi o cumprimento — Aqui, trouxe um presente para vocês, é uma luminária de quartzo, uma pedra muito comum da minha região no Brasil. É simples, mas espero que gostem!

— Oh querida, obrigada, não precisava de presente algum! Que coisa mais linda!

Conversamos por mais alguns minutos quando fomos interrompidas por outros convidados chegando à festa. Wes me levou ao jardim, onde coloquei minha bolsa e casacos na mesa, e fomos pegamos uma taça de champanhe. Ainda eram cinco da tarde e a última coisa que eu tinha comido era um sanduíche no almoço, mas o ambiente e o clima estavam tão gostosos, que não recusamos a bebida quando o garçom gentilmente nos ofereceu.

— Então é aqui o The Three Amigos Deluxe Edition? — disse Liam, descendo as pequenas escadas da casa em direção ao jardim. Senti uma pressão no peito no momento em que o vi, e não sabia dizer se era o champanhe fazendo efeito no estômago vazio, ou se era o choque de o ver pessoalmente pela primeira vez depois de ter beijado Wes. Ou provavelmente os dois.

— Caramba, como a gente tá bonito, né? — indagou Wes ao cumprimentar Liam com um abraço.

— Olha, não vou mentir... Vocês estão uns gatos! — também recebi um abraço bem apertado de Liam. Ainda era possível sentir o cheiro do shampoo em seus cabelos úmidos e recém-lavados.

— Você também está de parabéns, Soph! — Liam apontou para o meu vestido.

— Tá, fiquem aqui que eu vou procurar o fotógrafo! — disse Wes.

— E aí, como foi a viagem?

— Meu Deus Soph, foi incrível. Tinha tempos que eu não fazia uma viagem a turismo com tempo e calma, e explorar os cantinhos de Paris foi uma delícia.

— Acredita que não vai dar tempo de conhecer Paris? Acho que fica para uma próxima vinda à Europa, porque meu foco agora é aproveitar ao máximo o que a Alemanha tem a me oferecer...

— Ei, calma, nada de ficar negativa! — Liam pegou no meu braço e me deu um meio abraço. — Esse restinho de tempo vai ser a melhor parte do intercâmbio, se prepare!

— É, eu sei, só é inevitável ficar triste ao pensar que isso aqui vai acabar, sabe? Falta muito pouco e eu não estou pronta para me despedir de vocês.

— Se você falar em tristeza mais uma vez hoje eu vou te jogar naquele laguinho ali. E eu tô falando sério! — ele ameaçou, rindo, apontando para um lago artificial que tinha no fundo do gramado. — Pensa no EuroTour e em todas as cidades que vamos explorar juntos... Vai ser sensacional. Tô morrendo de ansiedade!

Eu também estava me ansiando como louca para essa viagem e mal podia ver a hora de embarcar no trem para Berlin, a cidade que respira a história do país que aprendi a amar.

Tiramos uma bela quantidade de fotos com poses sérias e engraçadas, tanto sozinhos quanto em duplas e também do grande trio. O fotógrafo imprimiu três fotos na hora e nos deu de recordação, e disse que as demais seriam enviadas por e-mail para o Wes e ele poderia nos encaminhar. Voltei à mesa para guardá-las na minha bolsa, e fiquei reparando em como nós realmente estávamos bonitos e elegantes. Wes vestia uma camisa social branca para dentro de uma calça azul marinho justa às suas pernas, com a barra dobrada e um sapato dockside escuro, com detalhes em marrom. Liam também trajava uma camisa social branca, mas dessa vez estava para fora da calça jeans cáqui que cobria toda a sua perna até o sapato, um tênis marrom claro com cadarços escuros. Eu nunca imaginei que os veria vestindo roupas tão requintadas, em um jardim florido de uma primavera alemã com as pessoas mais ricas e finas da cidade.

   Guardei as fotos na bolsa e não voltei imediatamente ao local que estávamos – estrategicamente posicionados ao lado do bar. Tirei uns minutos e fiquei de longe, observando os dois ali, juntos. Eram tão diferentes, mas tão parecidos ao mesmo tempo, complementares a si mesmos que, como uma adição à minha personalidade, formava o trio perfeito. A capacidade de conversar sobre qualquer assunto, o humor em fazer piadas e rir de coisas banais do cotidiano e o interesse no gosto e na vida um do outro eram nossos pilares. Eu tinha tido tanta sorte de encontrar pessoas que se encaixavam tanto com meu comportamento, que não podia correr o risco de perdê-los. Eu sabia que depois que nosso intercâmbio acabasse, a amizade seria diferente, então tinha que aproveitar 150% do que tínhamos ali. E então decidi que era necessário conversar com o Wes e explicar que o que aconteceu no acampamento em Langeoog não poderia ir para a frente. Eu não podia arriscar estragar nossa amizade por um brevíssimo romance.

   – Vou conversar com a minha mãe por vídeo rapidinho, hoje é aniversário dela. Tem um lugar mais silencioso que posso ir, Wes? – disse Liam.

   – Claro, à esquerda do banheiro tem um escritório, fique à vontade.

   – Manda parabéns pra ela por nós, Liam! – gritei enquanto ele andava em direção à casa.

   Já estava começando a escurecer e o jantar seria servido em breve. Aproveitei a deixa de Liam e o fato de Wes e eu estarmos sozinhos, e perguntei se poderíamos conversar com um lugar com menos gente. Eu não queria que ninguém interrompesse nosso assunto, nem mesmo o garçom com mais champanhe.

Nos direcionamos ao fundo do jardim, onde já não havia mesas nem convidados. À esquerda do laguinho havia duas mesinhas brancas típicas de jardim, escondidas entre árvores e arbustos.

– Ei, tá tudo bem? Você parece meio tensa – perguntou Wes enquanto nos sentávamos nas cadeiras geladas.

– Tá sim, eu só queria te falar uma coisa... – fiz uma pausa para respirar. Eu nem sabia por onde começar, então só joguei tudo para fora de uma vez – Sobre o que aconteceu sábado em Langeoog, foi algo muito bom e me senti ótima ao seu lado, mas passando o domingo com você e o pessoal e essas horas hoje com o Liam percebi que valorizo muito o que a gente tem, sabe? Essa amizade que a gente construiu é muito importante para mim e eu não quero arriscar te perder por um motivo bobo como um beijo. Além do mais, não acho que seja justo com você...

– Como assim não é justo comigo?

– É que em pouco tempo a gente vai estar de volta cada um em seu país, e não seria justo se envolver agora, sabe... – eu estava ficando cada vez mais nervosa.

– Sophie, relaxa – ele riu. –Tá tudo bem, eu tô vendo que você tá tensa. Nós estamos em uma situação muito delicada de um intercâmbio que vai acabar em breve, então tá tudo certo em não mergulharmos de cabeça em uma relação ou qualquer coisa do tipo.

Ele não tinha ideia do peso que tinha saído das minhas costas ao ouvir isso.

– Exatamente. Nosso intercâmbio já está quase acabando e eu não quero ter a responsabilidade de um relacionamento agora na reta final da viagem, só quero aproveitar tudo com os amigos.

– E eu concordo com você... – Wes continuou – Eu gosto muito de você, e a nossa amizade é muito mais forte do que uma noite bêbada sem significado. Estamos juntos, acima de qualquer coisa!

Talvez chamar o que tivemos de "uma noite bêbada sem significado" tenha doído um pouco.

– O vento está ficando gelado, você deve estar sentindo frio com este vestido aberto nas costas – disse Wes levantando da cadeira e apontando para meu braço arrepiado com a queda da temperatura. – Vamos voltar para a mesa? O jantar já já vai ser servido.

– É, tá meio gelado aqui mesmo.

Tive a impressão que Wes quis acabar com o assunto de forma rápida, mas não soube dizer ao certo, afinal, não tínhamos muito mais o que conversar ali. Retornamos à mesa e fiz questão de comentar sobre a festa e a família hospedeira de Wes para quebrar o silêncio esquisito que nos cercava. Liam voltou alguns minutos depois e permanecemos sentados conversando sobre o evento, seus convidados, e as variações de petiscos que havíamos comido.

No início da festa, cada convidado deveria escolher um assento nas mesas e preencher um papel marcando qual opção de prato gostaria de comer no jantar, deixando-o em uma espécie de prendedorzinho que tinha na frente das louças. Os garçons retiravam os papéis, levavam até a cozinha para que tudo fosse preparado e traziam o prato selecionado à mesa na hora de servir o jantar. Minha escolha foi tipicamente alemã: schnitzel[*] com spätzle[**] ao curry acompanhado de salada de batatas, junto com uma sopinha de alho poró como entrada. Eu já estava no clima de despedida do país, me sentindo nostálgica a cada dia que passava, e esse jantar só intensificou o pensamento. Mal podia acreditar que faltava pouco tempo para deixar a Alemanha.

– Quais são as palavras que vocês mais gostam em alemão? – Wes iniciou um assunto enquanto jantávamos.

– Eu adoro as que não existem em nenhum outro idioma! Que em alemão significa algo muito específico e em outra língua é necessário uma frase para explicar – respondi de prontidão.

– Tipo qual? – perguntou Liam.

– A minha preferida de todas é *doch*. Não temos isso em inglês ou português, né? – indaguei – É tão genial! Pensa só, é uma palavra que serve para simplesmente enfatizar as coisas.

– Nossa, é verdade, acho que não! – percebeu Wes.

---

[*] Schnitzel é um típico prato austríaco e alemão, que consiste em um bife de carne de porco à milanesa.

[**] Spätzle é uma massa fresca cremosa tradicional da região de Stuttgart na Alemanha.

– Eu amo essa palavra também! "Hoje não está tão frio...", "*DOCH!* Tá sim!" – encenou Liam.

Doch é um termo extremamente inteligente na língua alemã que infelizmente não pode ser traduzido literalmente ao português. Ele pode ser usado como ênfase e também como "mas". Por exemplo, se me perguntarem se não gosto de pizza, posso responder "doch", e todos entenderão que sim, eu gosto de pizza. Mas também posso usar a palavra em uma frase como "ele fala inglês fluentemente, doch (mas) nada de alemão". Assim que comecei a entender o alemão informal aqui com amigos e família eu ficava bem confusa, mas aos poucos acabei me acostumando. Vai ser difícil tirar essa palavrinha do meu vocabulário...

– Outra bem divertida que eu acho que não tem em outro idioma é *ohrwurm* – falei – não é incrível ter uma palavra específica para aquela sensação de ter uma música presa na cabeça?

– Acredita que temos o termo em inglês? É a tradução literal, *earworm*, mas quase ninguém usa. Aqui é muito mais comum, e eu adoro como eles usam também como adjetivo, já reparou? "Essa música é muito *ohrwurm*" – explicou Liam.

– Espera aí, nada contra essas duas palavras que são realmente excelentes, mas por que é que ninguém citou a melhor de todas? *Backpfeifengesicht*? – Wes perguntou, já soltando uma risada.

– *Backpfeifengesicht*? O que diabos é isso? – questionei, confusa.

– É simplesmente a melhor palavra alemã de todas! Significa "um rosto que merece um tapa na cara". Não é maravilhoso? E a gente ainda pode usar como substituto de rosto, tipo "nossa, aquele cara tem um *backpfeifengesicht*".

– Caramba Wes, como você descobriu isso? – disse Liam, rindo.

– Um menino da minha escola falou que eu tinha uma *backpfeifengesicht* durante a aula, achando que eu não sabia nada de alemão, mas entendi o resto da frase e coloquei essa palavra no google... Foi um tanto quanto engraçado ver a reação dele quando eu respondi – Wes contou a história completa.

– Vocês têm palavras assim em português também, Soph? Que não tem tradução em outros idiomas?

– Tem a minha preferida: saudade. Na língua portuguesa é um substantivo, então podemos dizer que "nós temos ou sentimos saudade", mas em inglês e alemão o substantivo não existe, então vocês acabam usando o verbo, como em "I miss you" e "ich vermisse dich", que são frases exatamente iguais – expliquei rapidamente. Eu sempre soube que "saudade" não tinha tradução e achava que isso acrescentava um charme a mais ao termo.

– Então se eu quiser falar que vou sentir falta de vocês depois do intercâmbio, eu falaria algo como "I will have saudades of you"? – perguntou Liam.

– Isso! – o parabenizei – Também tem um termo que eu adoro, que é o cafuné. É uma palavra só que significa fazer carinho na cabeça ou no cabelo.

– Como assim? Eu posso falar tipo "Sophie, vem cá fazer um cafuné?" – questionou Wes, surpreso – Meu Deus, vou usar isso todos os dias agora! Se prepare.

– É exatamente isso – respondi e rimos todos juntos – E em inglês? Quais palavras só existem em inglês? Acho que *brainstorm* não tem em outro idioma... Pelo menos em português não tem um termo específico para pensar em ideias de um modo geral.

– Uma amiga uma vez me disse que também não existe *friendzone* em nenhuma outra língua. Como você explicaria isso em português? – perguntou Wes. Achei curioso ele trazer logo essa palavra, depois do que conversamos hoje.

– É verdade, não tem. A gente geralmente usa o termo em inglês mesmo, porque não é algo que pode ser dito em uma palavra só... Acho que só falamos que uma pessoa quer ser apenas amiga e nada mais do que isso. Em inglês faz mais sentido porque vocês têm o costume de transformar tudo em verbo. Então é possível "friendzonear" uma pessoa, ou levar ela à *friendzone* (literalmente à zona de amizade) – expliquei, sentindo meus pés começando a formigar.

Será que só eu reparei na coincidência do termo com a situação? Aliás, será que foi uma coincidência? Eu não queria que nossa relação fosse pautada com indiretas e farpas daqui para a frente, gostaria de manter essa amizade viva. Só consegui desviar meus pensamentos quando o garçom chegou oferecendo duas opções de sobremesa: uma mousse de chocolate com raspas de laranja e flor de sal, e uma torta de maçã com sorvete de chocolate branco.

– Nossa! Isso me fez lembrar que eu tenho algo para vocês, é um doce que trouxe da Austrália. Esperem aqui, vou lá no quarto buscar – Wes se levantou da mesa enquanto o garçom me servia a mousse.

– E voltando ao assunto, quando foi que você me colocou na *friendzone*? – perguntou Liam.

– Eu não te coloquei na *friendzone*! Você que me colocou! – respondi prontamente. Eu já não sentia meus pés.

– Não coloquei não – ele respondeu.

Nos olhamos, em silêncio, tentando entender o que tinha acabado de acontecer.

Ele tinha esperado o Wes sair da mesa para me perguntar isso, ou também foi uma coincidência?

19

Depois de um fim de semana puxado viajando com as crianças, que dão mais trabalho do que a gente imagina, e a semana da profissão no colégio, finalmente consegui fechar a mala que eu levaria ao EuroTour sem muita dificuldade. Estive com a cabeça tão ocupada nos últimos dias que minha ansiedade nem teve espaço no meu corpo, mas agora com minhas roupas preferidas dentro da mala que eu e Femke decoramos com canetas permanentes é difícil não sentir o coração bater mais forte do que devia.

Em doze horas eu estaria no trem a caminho de Berlim, a cidade dos meus sonhos. Um lugar que mistura arquitetura, arte, história, guerra, e muitas outras coisas. Eu mal podia esperar pelo início da viagem que fecharia meu intercâmbio com chave de ouro.

Depois de acordar extremamente cedo, encontrei Wes e Liam no trem e seguimos juntos até Hannover. De lá, entramos em outro vagão junto com o resto dos intercambistas da região, e fomos diretos até Berlim em uma viagem de uma hora e meia que parece ter durado um ano, de tanta ansiedade.

– Prontos para a segunda melhor viagem de suas vidas? – perguntou Liam quando desembarcamos do trem na estação central de Berlim.

– Por que a segunda melhor viagem? – indagou Wes. Eu não conseguia focar na conversa, só pensava em observar os detalhes da estação. Nem acreditava que a cidade que eu sempre sonhei em conhecer estava ali bem à minha frente.

– Porque a primeira vai ser quando vocês forem me visitar em Chicago.

— Não, a primeira melhor viagem das nossas vidas é o intercâmbio. Nenhuma outra vai bater isso! — falei minhas primeiras palavras desde o momento que descemos do trem.

— O intercâmbio não é uma viagem, Soph. É uma vida inteira! — explicou Liam, abraçando meus ombros.

Os monitores entregaram nossas malas a uma van que as levou até o hotel, mas nós permanecemos ali. O dia estava só começando e o roteiro do dia começava já na Hauptbahnhof, a estação central de trem de Berlim, que por si só já é um ponto turístico.

O prédio, que mais parece um shopping, continha quatro andares, o primeiro e o último destinados às plataformas de embarque nos trens, enquanto os dois do meio são repletos de lojas e serviços dos mais variados tipos. Mas o que mais me chamou atenção ali foi a arquitetura. Tudo de vidro e de metal, com escadas rolantes imensas para todos os lados, era como se eu estivesse em uma nave espacial. Só que era uma nave com lojas como McDonald's, Starbucks, H&M, Decathlon, Swarovski e muitas outras. A estação foi inaugurada em 2006 para a Copa do Mundo e, desde então, é uma das principais de toda a Europa, com trens para diversos países.

Pensar nisso é algo completamente fora do normal para mim, que venho de uma cultura brasileira sem muitos trens de passageiros. Já é difícil cruzar um estado no Brasil, imagina atravessar a fronteira de um país em poucas horas!

Tomamos um café da manhã reforçado no Costa, café comum da Europa, e de lá seguimos andando ao Reichstag. Chegar no gramado que tem em frente ao prédio do parlamento alemão trouxe um frio na minha barriga que eu não sentia há um tempo. Aquele cartão postal da cidade que eu tanto via na internet e na TV estava finalmente a poucos metros de mim. No fim daquele enorme espaço verde, podíamos ver o famoso prédio, que passou por um incêndio interno em 1933, sofreu ataques aéreos durante a Segunda Guerra Mundial e foi completamente reconstruído em 1994. Eu não sou exatamente apaixonada por arquitetura nem nada, mas é inevitável não achar essa construção tão linda. O edifício tem uma fachada de templo grego, com seis colunas centrais na entrada e o dizer "Dem deutschen Volke" * logo

---

* "Ao povo alemão"

acima, e também conta com janelas enormes e uma cúpula de vidro no topo, trazendo o contraste do modernismo ao estilo neoclássico do resto do prédio.

Nunca soube o motivo de ser tão apaixonada por Berlim, e acho que nunca vou descobrir. Mas ali, olhando para aquela construção tão impecável, o sentimento dentro de mim era como se meu coração estivesse finalmente sendo preenchido.

– Alô? Sophie, Terra chamando? – Liam me cutucou, rindo. – Você vem com a gente ou vai ficar aí parada igual um espantalho? Cuidado para não dispersar os turistas, viu?

– Liam, olha pra esse prédio. Sério, olha pra essa vista. Esse lugar é maravilhoso! – eu disse, empolgada, sem perceber que o grupo todo já estava muito à nossa frente, quase na entrada do acesso de visitantes.

– Sim, muito lindo, mas vamos logo se não você vai perder o tour! Não quer ver como ele é por dentro?

– O tour nos leva lá na cúpula também? – perguntei ainda parada, praticamente boquiaberta com a arquitetura dali.

– Se a gente chegar a tempo, sim. Vem! – Liam pegou minha mão e fomos correndo até o resto do grupo.

Aprender mais sobre a história do parlamento e da política alemã foi mais interessante do que pensei. No fim do passeio pela área interna do prédio, fomos até a famosa cúpula de vidro e aço, originalmente construída em 1894 e refeita na reforma cem anos depois. Para andar por ali, subimos uma rampa em forma de caracol, com espelhos no centro e vidro para todo lado, e foi lá do alto que apreciei a primeira vista da cidade. Berlim é mais bonita do que eu imaginava.

Enquanto me encantava com a paisagem, escutei um barulho de uma câmera fotográfica atrás de mim. Liam havia acabado de tirar uma foto minha sem eu saber em sua nova Polaroid, uma câmera instantânea que imprime a foto no momento em que foi tirada.

– Quase que você sai mexendo na foto, do tanto que se assustou com o barulho – disse Liam rindo, chegando ao meu lado e apoiando no parapeito do terraço do parlamento – No que você tá pensando?

– Sei lá. No tanto que eu tenho sorte, eu acho.

– Por quê? – ele perguntou enquanto balançava a foto para ver se a imagem seria revelada mais rápido.

— Sorte de realizar tanta coisa em um só ano. Eu tô em Berlim, sabe? Sempre quis conhecer a cidade. Não sei se isso vai passar, mas acho que ainda estou em choque de realmente estar aqui.

— Por que você tem essa conexão tão forte com Berlim? — ele parou de balançar a foto, que ainda não estava pronta, e virou seu rosto ao meu.

— Não faço a menor ideia. Sempre gostei muito da história alemã e acho que essa cidade carrega muita cultura para um lugar só. Mas é estranho, algo me diz que eu pertenço aqui, não sei explicar. É como se a cidade precisasse de mim, sinto que tenho que viver os momentos aqui de forma muito intensa.

— Eu adoro como você sente muito as coisas.

— Como assim? — virei meu rosto ao dele, confusa.

— É isso, você sente muito as coisas. Pensa muito em tudo, se entrega, deixa os sentimentos tomarem conta de você. Lembra quando estávamos na piscina do clube e conversamos sobre prolongar o intercâmbio? E em Amsterdã, no último andar da biblioteca, você me fez todas aquelas perguntas sobre o que eu senti quando cheguei aqui?

— Lembro como se fosse ontem — dei um sorriso de canto de boca.

— Você faz perguntas, Soph. Você escuta as respostas com atenção, e sente todas elas com carinho. E isso é o máximo em você — Liam terminou a frase batendo seu ombro no meu — Olha só, tá começando a revelar!

Eu estava curiosa para saber qual imagem surgiria na foto, e, para minha surpresa, ficou bem bonita. Eu estava de costas, com um macaquinho preto de pequenos girassóis e meu tênis All Star preto, apoiada no parapeito do terraço, observando a vista. Nela, era possível ver o rio Spree, o mais famoso do Berlim, o teto da catedral, e a Torre de TV, um dos principais cartões postais da cidade.

— Pode ficar, é sua. Mas eu também quero uma só para mim, então mantenha a pose e olha para frente que eu vou tirar outra!

☆☆☆☆☆☆

O restante do primeiro dia de viagem foi uma mistura de emoções. Por estarmos em um grupo muito grande, era difícil se organizar na rua e dentro dos museus, então seguimos o roteiro de forma pontual e fizemos o possível para não nos perdermos pela cidade.

Depois de ver o parlamento, seguimos para o famoso Portão de Brandenburgo, o principal símbolo da cidade, daqueles que você vê quando coloca "Berlim" no Google. E, novamente, congelei. O tamanho da estrutura e a história que ela carrega eram demais para mim, acho que fiquei quase 20 minutos parada só olhando para ela.

Quando a Alemanha perdeu a Segunda Guerra Mundial, ela foi dividida em Alemanha Ocidental e Alemanha Oriental, concentrando a divisão principal dentro da capital do país. Por isso, o Portão de Brandenburgo funcionava literalmente como uma porta que separava os dois lados. Com essa divisão, cada lado era governado por um sistema, que tinham ideais totalmente diferentes, fazendo com que a cidade de Berlim fosse dividida no meio até nos aspectos culturais, arquitetônicos, culinários, e muitos outros. Era como duas cidades em uma.

Como já estávamos todos com fome, descemos a famosa avenida Unter den Linden, passamos em um supermercado e sentamos no gramado em frente à Catedral de Berlim para fazer uma longa pausa, descansar um pouco e organizar um piquenique para o almoço. Quando terminamos de comer, demos continuidade no roteiro e seguimos para mais uma monte de museus, e finalmente terminamos o passeio subindo até o topo da famosa Torre de TV.

– Liam! Para de me assustar! – gritei com ele quando vi o flash da câmera batendo no meu rosto.

– Ah, esses sustos estão valendo a pena. A cada três fotos tiradas, você só percebe uma mesmo.

– Como assim? – perguntei confusa, tirando meus olhos do sol extremamente laranja que se punha no fim da vista da cidade.

– Essa aqui eu tirei quando você foi apressada e atravessou a faixa de pedestre na nossa frente. O sinal fechou, ficamos para trás e você ficou sozinha na calçada em frente ao prédio da prefeitura – ele me mostrou a foto na câmera digital. Nela, a calçada estava vazia e eu estava sozinha, apreciando o enorme prédio, com uma cor vermelho vibrante e uma arquitetura linda.

Liam havia tirado dezenas de fotos durante todo o dia, e eu não tinha reparado em quase nenhuma delas. Ele andava com a câmera digital pendurada no ombro e tirava fotos de paisagens e comidas, e levava a câmera instantânea dentro da mochila. Quase todo mundo andava pela cidade tirando fotos por todo lado, mas eu não percebi que as câmeras dele tinham sido apontadas pra mim com tanta frequência.

— Eu não sabia desse seu hobby de fotografia! – falei, enquanto via o resto das fotos.

— É, eu também não. Eu já tinha essa câmera digital e na viagem a Paris reparei que alguns momentos tinham que ser eternizados de forma imediata, então comprei a instantânea.

— Você leva jeito, tem um olhar diferente e muito específico – apontei para uma foto que tinha um alinhamento perfeito entre os prédios.

— Ah, com essa cidade linda e modelos perfeitos fica difícil a foto sair ruim, né? – ele riu, mostrando uma foto em que eu, Bia e Wes ríamos durante o piquenique.

Peguei a câmera da mão de Liam, sentei no chão do observatório da torre, e comecei a rever tudo que havíamos feito desde o desembarque na estação de trem.

Em um só dia eu tinha vivido mais cultura e história do que em minha vida inteira. E esse era apenas o primeiro dia da viagem que provavelmente se tornaria a melhor da minha vida.

20

Ainda era o segundo dia da viagem e já estávamos todos extremamente cansados. Como era um dia livre e sem roteiros, Bia, Wes, Liam e eu nos demos algumas horas a mais de sono e decidimos tomar café da manhã na rua ao invés de comer o tradicional pão com Nutella do hotel. Sabe como é, juntar a vontade de conhecer a cidade à importância da refeição matinal.

Só de pisar fora do prédio em que estávamos hospedados eu já senti uma sensação boa. Era hora de explorar um pouco mais a minha cidade preferida no mundo. E era hora de me conhecer nela.

Nosso hotel ficava em Neukölln, um bairro um pouquinho mais afastado do centro turístico da cidade. Eu já havia lido sobre a região na internet e sempre quis conhecer, mas isso não tirou o efeito surpresa ao andar pelas ruas do distrito. É como se fosse Berlim inteira em alguns quarteirões: você pode trombar com rockeiros punk com cabelos espetados e coloridos, mulheres muçulmanas vestindo burcas que tampam o corpo inteiro, famílias típicas alemãs passeando com crianças, e artistas de todos os tipos. O bairro é todo descolado, com uma mistura maluca que funciona em perfeita harmonia.

Encontramos uma pequena padaria de uma família da Hungria e tomamos um café delicioso com comidas tradicionais da terra natal deles, dividindo a mesa com as netinhas da senhora que ficava na cozinha. Conversamos em alemão, todos com sotaque, mas com muita vontade de se comunicar.

Berlim era realmente tudo isso que falavam. Uma mistura maluca.

— E agora, amiga, qual a próxima parada? — Bia me perguntou enquanto jogava o resto das embalagens de comida no lixo. O pequeno almoço havia sido porções diversas de salsichas com bastante molho de curry, no estilo comida de rua que só Berlim sabia oferecer.

— Eu não sei se vocês vão topar, mas eu tenho uma ideia... — respondeu Wes com o clássico sorriso de quem havia planos inusitados que provavelmente seriam arrependidos depois.

Estávamos sentados em uma das mesas compartilhadas do Haus Schwarzenberg, um beco todo colorido escondido dos turistas tradicionais. É uma pequena área em meio a alguns prédios antigos que carregam resquícios da guerra mas que foram revestidos pela cultura da cidade, ou seja, bastante arte misturada. Por ser um lugar apertado, tem de tudo um pouco ali – pequenas lojas, restaurantes, artistas de rua e até um cinema com filmes hipsters e alternativos.

— Gente, eu não vou fazer uma tatuagem – bati o pé e cruzei os braços quando ouvi a ideia de Wes – Não no meio de um lugar desconhecido de Berlim!

— Ah, qual é?! No dia que você me conheceu você tocou nesse assunto! E em Langeoog a gente até desenhou uma de caneta no seu braço, lembra? – Wes tinha razão. No acampamento, deitados na cama enquanto ouvíamos música, ele havia feito um rascunho de uma tatuagem que eu sempre quis fazer: o desenho de uma foto com a minha irmã, de quando éramos pequenas, brincando no parquinho do bairro.

— A gente ia ter que esconder dos monitores até pelo menos o final da viagem, né?

— Eu topo – Liam afirmou, praticamente interrompendo a pergunta de Bia, como se tivesse absoluta certeza do que estava fazendo. Wes comemorou, e os dois ficaram um ao lado do outro, como se estivessem sendo recrutados para um trabalho.

É claro que eu queria fazer uma tatuagem, sempre foi um sonho meu. Mas não queria que fosse feita em um impulso, muito menos em um estúdio desconhecido no centro de Berlim. É algo que eu julgava ser muito importante, eu tinha que conhecer a pessoa a me tatuar, confiar no material, pensar muito bem no desenho... Afinal, é algo que fica para sempre na nossa pele. Tipo, para sempre, mesmo.

— Vem, a gente segura sua mão. Eu sei que você quer! – Wes e Liam me puxaram pelo braço e entramos no estúdio. Agora já era tarde demais.

Senti meu corpo todo arrepiar ao ouvir o barulho da agulha. E não era de uma forma boa, como quando o Liam esbarrava suas mãos em qualquer parte de mim. Era aflitivo. Por terem sido os idealizadores do programa, obrigamos Wes e Liam a irem primeiro nas duas tatuadoras disponíveis, enquanto eu e Bia pensávamos em qual desenho estamparia nossa pele para sempre. Eu já falei que isso ficaria para sempre em mim? Pois é. Parece muito tempo.

– Acho que por estarmos fazendo juntos, temos que concordar em fazer o mesmo estilo de desenho – sugeriu Liam – E, claro, tem que ser relacionado ao intercâmbio! – Eu não fazia a menor ideia do que estava acontecendo. Meu Deus do céu, eu ia fazer uma tatuagem?

– O que acham de fazer algo pequeno e apenas com um contorno preto, para não tomar muito o tempo de vocês? – sugeriu a tatuadora.

Depois da dica, Wes acabou decidindo pelo contorno de um urso na lateral do pé direito, o principal símbolo da bandeira de Berlim. Por toda a cidade era possível ver estátuas e desenhos da silhueta do tal urso, e o desenho proposto pela tatuadora ficou bastante bonito. Liam escolheu fazer as coordenadas geográficas da casa em que morava em Lingen na parte de trás do braço, acima do cotovelo, e Bia optou por um desenho minimalista de uma passagem de trem que simbolizava a nossa viagem, que cruzaria a Europa nos trilhos.

– O que acha? Muito tosco? Muito grande? Muito pequeno? – mostrei para Liam o rabisco da minha ideia na parte interna do meu braço.

– *Herz über Kopf*? Achei filosófico! – ele brincou. A frase, além de ser o nome de uma das minhas músicas alemãs prediletas, significava algo como "coração acima da cabeça". Era essa a música que estava na minha cabeça quando Liam me deu a ideia de permanecer na Alemanha por mais um ano, lá no clube de Lingen.

– Naquele momento eu tive que tomar uma decisão – expliquei a história para o resto do pessoal, e hoje em dia fico feliz em ter seguido o coração e ter ficado aqui.

Eu estava satisfeita com a ideia. Já tinha aceitado que só me deixariam sair de lá com alguma tatuagem no corpo, e fiquei extremamente feliz com o resultado. Só não fazia ideia que passaria as próximas horas querendo arrancar meu braço fora de tanto coçar!

Conversamos tanto com as tatuadoras que elas nos deram algumas outras dicas de passeios por ali, então procuramos visitar o máximo de pontos não-tão-turísticos possíveis até o fim do dia. O último da lista era um pouco mais afastado e preferimos pegar um metrô para descansar as pernas.

    O metrô de Berlim é uma atração por si só – os vagões são todos coloridos por um tom incrível de amarelo e seus vidros possuem desenhos minimalistas do Portão de Brandenburgo, o que deixa tudo mais charmoso ainda. Diferente dos metrôs brasileiros, as estações na Alemanha não possuem catracas ou barreiras para conferência das passagens, basta você comprar o ticket correto e validá-lo nas máquinas da entrada das estações. No início eu pensei que isso não faria sentido, pois assim ninguém pagaria as passagens, mas foi só até ver um fiscal do metrô que eu entendi: era tudo na base do medo.

    – O senhor terá que vir conosco – um fiscal disfarçado disse a Wes, o puxando para fora do vagão do trem após conferir seu bilhete na máquina portátil e ver que ele não estava em sua validade. Aparentemente os seguranças andavam dentro dos vagões sem uniformes, e apenas quando o trem andava é que eles abordavam os passageiros e checavam se as passagens estavam válidas.

    – Como assim? Eu comprei o bilhete correto! – Wes tentou discutir, mas o fiscal o retirou do vagão sem muita vontade de entender o que havia acontecido.

    Bia, Liam e eu ficamos perplexos sem entender o que estava acontecendo, no meio de um metrô lotado. Wes já estava fora do trem, sendo escoltado a uma cabine da equipe de segurança da estação por dois fiscais.

    – O Wes tá sem bateria no celular! – Bia gritou quando ouvimos o aviso de que as portas do vagão estavam fechando – Vou atrás dele e encontro vocês depois!

    Tudo aconteceu tão rápido que Liam e eu não conseguimos acompanhar o ritmo. Quando nos demos conta, já estávamos quase chegando na estação que deveríamos descer, então ligamos para Bia para ver se estava tudo bem com eles. Ela nos contou que, ao validar os bilhetes lá na primeira estação que entramos, logo na vez de Wes, a máquina em questão falhou. Eles explicaram o ocorrido aos fiscais e ele levou apenas uma multa de valor baixo, pois não tinham como comprovar que a máquina não havia funcionado. Combinamos então de nos encontrar no hotel para jantar e seguir para um karaokê que o resto do grupo tinha reservado para a noite, e Liam e eu seguimos para o último passeio turístico do dia.

Quando a tatuadora nos indicou esse passeio eu me empolguei imediatamente, porque parecia ser algo escondido do roteiro tradicional e muito importante para a história da cidade. Ela nos guiou a sair da estação de metrô Gesundbrunnen e seguir até o parque Humboldthain, e eu não imaginei que fosse ver algo tão verde e vivo. Quando pensamos na história alemã, automaticamente pensamos em guerra, mortes e bagunça, mas Berlim é tão misturada que é possível encontrar florestas no meio da cidade. Nesse caso, foi algo bastante parecido: saímos da estação e demos de cara com um enorme jardim, seguido de árvores extremamente altas e verdes para todo lado. No meio dessas árvores havia uma construção imensa de concreto chamada Flakturm, que nada mais é do que um bunker construído na década de 1940 pelo partido nazista para proteger a capital de ataques aéreos. Além desse prédio, que comportava mais de 30 mil pessoas, a cidade ainda contava com mais dois bunkers que acabaram sendo destruídos na guerra, e apenas metade da Flakturm de Humboldthain sobreviveu para contar a história.

– Sabia que essas paredes têm três metros de espessura? Isso é muito louco! – disse Liam enquanto pesquisava informações sobre a Flakturm na internet. Estávamos subindo escadas de concreto em meio às árvores, e como o espaço não era muito famoso, era preciso pesquisar tudo na internet para ler enquanto visitávamos o parque – Meu Deus Soph, corre aqui!

Ele estava à minha frente na escada e, ao chegar no topo, ficou boquiaberto. Se virou para mim e me puxou para me ajudar a subir mais rápido. A vista da cidade era ainda mais linda que as que vimos no dia anterior.

– Como que esse lugar não é famoso para turistas? – indaguei.

– Não faço ideia, só sei que temos muita sorte de ter recebido a dica de vir até aqui.

O sol estava baixo, com um tom de laranja que só Berlim consegue ter. Era possível ver muitos quilômetros à nossa frente no horizonte, já que a região em que estávamos era mais afastada do centro e sem prédios altos. A torre laranja de uma igreja regional chamava nossa atenção em um dos cantos, e era possível avistar mais florestas e até uma montanha ao fundo.

A Flakturm era uma construção que originalmente tinha um formato semelhante a um quadrado, sendo que cada ponta contava com uma torre arredondada. Depois da tentativa falha de destruição, apenas duas pontas sobraram, e atualmente é possível andar de uma para a outra e conhecer sozinhos somente a parte externa, já que o interior do prédio é comandado por uma empresa de turismo específica.

– O que foi? – perguntei quando Liam começou a rir sozinho. Estávamos sentados nos últimos degraus da escada de acesso ao topo da torre, tentando ver a vista do lugar mais alto possível. Ficamos sentados em silêncio por um bom tempo, apenas contemplando a vista e agradecendo o clima perfeito deste fim de tarde.

– Sei lá, é muita loucura, você não acha?

– Acho que você tá andando muito comigo... – ri, zombando dele – Geralmente sou eu que começo a filosofar sozinha assim.

– Estou, mesmo, não me arrependo – ele também riu. – Mas é sério. A gente tá no topo de um antigo bunker nazista vendo o pôr do sol.

– Com tatuagens recém-feitas – complementei.

– Com tatuagens! Você fez uma tatuagem, Soph! – ele chacoalhou meus ombros e riu, como se estivesse me acordando de um sonho.

Ele tinha razão. Era tudo uma loucura, mesmo. Eu estava ali na cidade que sempre sonhei, vendo o pôr do sol mais bonito que já vi na vida, na única companhia que eu gostaria de ter.

– Acho que só tenho a te agradecer.

– Pelo quê? – perguntei.

– Por ser minha *Flakturm*.

– Oi? Eu sou sua o quê agora?

– Você é minha *Flakturm*, Soph – ele tirou o rosto da vista e se virou ao meu. Eu adorava como ele sempre falava meu nome no meio das frases. – Veja, as coisas na Alemanha são construídas para não serem destruídas de jeito nenhum. Como essa torre em que a gente está – ele se levantou e apontou para o prédio e seu redor.

Me ergui junto e tentei entender se ele estava sendo brincalhão como sempre, ou se ele chegaria a algum lugar com essa conversa. Por algum motivo a seriedade na sua fala me levava a crer na segunda opção.

– Essas construções são muito enraizadas, pense bem, é tudo muito bem planejado para que elas não caiam. Para que o prédio permaneça em pé mesmo depois de diversas tentativas de explosões – ele falava cada vez com mais calma, pensando em cada palavra usada. – Sinto que te conhecer aqui na Alemanha foi só a planta de uma construção desse nível.

A luz do sol se pondo batendo em seus cabelos já não me deixava focar na vista, na fala ou em qualquer outra coisa que não fosse seu rosto me observando com carinho.

– E que construção seria essa? – perguntei, torcendo para que a resposta viesse antes que minhas pernas entrassem em colapso por tanto formigar.

Liam não precisou responder. Tirou uma mecha do meu cabelo do meu rosto e a colocou atrás da minha orelha, pousando sua mão na minha bochecha. Nossos lábios finalmente se encontraram e o beijo que veio em seguida não foi nada do que eu esperava ou imaginava.

21

Eu estaria mentindo se dissesse que parei meus pensamentos e foquei apenas no que estava acontecendo entre nós naquele instante. Por mais que gostaria de me entregar a Liam e suas mãos em minha cintura, minha mente não se desligou nem por um milésimo.

Seu beijo era um milhão de vezes melhor do que eu imaginei, e eu não queria sair de jeito nenhum dali. Éramos nós dois, a cidade, o pôr do sol e isso bastava. Por um segundo, desejei que o tempo congelasse e ficássemos presos no topo daquela torre para sempre, mas eu sabia que a vida real batia à porta. Que em menos de dois meses estaríamos longe um do outro, cada um em seu país, com sua vida mundana de volta.

Quantos pensamentos podem passar pela cabeça em tão pouco tempo? – eu me perguntava enquanto suas mãos ainda corriam pelas minhas costas. Eu precisava respirar e organizar meus pensamentos, mas não queria me soltar dele.

– Eu estava querendo fazer isso há tanto tempo, Soph – ele disse quando finalmente paramos de nos beijar. Eu não tive reação, apenas continuei olhando para seus olhos, incrédula do que acabava de ouvir.

– Você travou? – ele riu, soltando seus braços de mim e acenando para que eu acordasse daquele sonho.

– Pronto, destravei, desculpa – rimos juntos e quebramos o clima esquisito que havia se instaurado. – É que eu não tenho muito como reagir a isso.

– Putz, meu beijo é tão ruim assim? – ele entortou o lábio e semicerrou o olho. Suas bochechas rosadas de vergonha o deixavam ainda mais bonito.

— Não é isso! — dei um tapa fraco em seu braço, brincando. — É só muita coisa para eu pensar de uma vez só.

— E se você não pensar em nada? — ele pegou meu braço e mostrou a minha tatuagem. — Coração acima da cabeça, né?

Ele tinha razão.

Meu Deus, ele sempre tinha razão. Eu tinha que parar de pensar demais e viver as coisas de forma leve.

O sol terminou de se esconder atrás do horizonte e só então nos demos conta que já estávamos atrasados para voltar ao hotel. Corremos para o metrô e conseguimos um banco livre para sentar, o que era difícil no horário de pico berlinense. Liam seguiu a tradição e me deu um lado de seu fone de ouvido para compartilharmos música, dando o play em "Love Lost" e apoiando sua cabeça em meu ombro. Respondi o ato, fechei os olhos e deixei a música consumir meu corpo, tentando não pensar demais, apenas sentir o que quer que seja que meu coração estava sentindo.

> "Our love was lost
> But now we've found it
> And if you flash your heart
> I won't deny it
> I promise"*

✮✮✮✮✮✮

Passamos no hotel rapidamente para trocar de roupa e me vi parada me olhando no espelho, analisando o vestido cor de melancia que trajava meu corpo. Coincidentemente, eu o havia comprado no dia em que conheci Liam, lá em junho do ano passado. No carro a caminho da festa da cidade, Alice me contou sobre uma loja pequena em Lingen que ela adorava e acabamos dando uma passada lá antes de seguir para a festa no centro histórico. Quem diria que as coisas se conectariam tantos meses depois?

---

* "Nosso amor se perdeu/ Mas agora o achamos/ E se seu coração arder de paixão novamente/ Eu não vou negar/ Eu prometo"

> **De:** Wes Fisher
> **Para:** The Three Amigos
> **alguém pode trazer o carregador do meu celular por favor?**

Vi a mensagem de texto de Wes e acordei dos pensamentos. A noite já tinha chegado e eu provavelmente sentiria frio nas pernas, então troquei o vestido por uma calça flare de cintura alta, uma regata branca de alcinhas finas e meu bom e velho All Star vermelho. Pendurei uma jaqueta de veludo vinho que achei na mala de Bia na bolsa tiracolo e me encontrei com Liam no saguão do hotel.

E se eu achava que não era possível me apaixonar mais, eu o vejo me esperando com os cabelos molhados, vestindo a famosa blusa de frio azul-marinho com uma listra amarela e uma vermelha. Também era a roupa que ele usava no dia em que nos conhecemos. O observei de longe por uns minutos, sem que ele percebesse. Seus cabelos pareciam mais claros que o normal, mesmo molhados, provavelmente pelo contraste das cores da blusa e da calça jeans cáqui.

Engraçado como ele parecia outra pessoa ali. Parecia mais confortável, mesmo que um pouco ansioso – dava para ver seus pés balançando. E eu também estava me sentindo diferente. Confortável, sem dúvidas. Ansiosa? Muito. Mas leve, como se tivesse tirado uma mochila do Ensino Fundamental cheia de cadernos das costas.

– Oi – ele falou, me olhando com um sorriso torto de quem sabia que ia deixar o clima estranho, mas que adoraria ver minha cara sem graça – Você sempre foi tão bonita assim? – ele me deu um beijo rápido.

– Você sempre foi carinhoso assim? – retruquei. Ele riu e passou o braço pelo meu ombro, ficando ao meu lado. Eu demoraria um bom tempo para me acostumar com o fato de que Liam me beijou. E que ele estava querendo fazer isso há tanto tempo.

Andamos até o shopping que ficava do lado do hotel e pegamos um elevador até o último andar do estacionamento. Seguimos as únicas instruções que Wes havia nos dado por mensagem, que constava em "subir até não dar mais" e pegamos uma rampa que chegava ao terraço. Havia um bar misturado com jardim, com mesas de madeira longas estilo acampamento e uma área interna também amadeirada, com o balcão de cerveja e um pequeno palco onde o karaokê estava montado.

— Soph! Olha só! Tem "80 Millionen" na lista! – gritou Liam, fazendo o sinal para que eu me aproximasse. Fiquei tão hipnotizada com a vista noturna dali do terraço que nem vi o pessoal pegando cervejas e se sentando nas mesas.

Uma parte do grupo parecia estar no bar há algum tempo, a julgar pela quantidade de garrafas de cerveja vazias em cima das mesas. Avistei Wes e Bia ao lado de Liam e me juntei a eles, avisando Bia que havia roubado sua jaqueta. Também não pude deixar de reparar que Wes estava usando o mesmo moletom preto do dia em que nos beijamos em Langeoog. O que estava acontecendo com todas essas coincidências de roupas e dias? E por que é que eu era a única que não estava sentindo frio para usar um casaco.

— Você não pretende cantar isso no palco, né? Eu já canto mal, imagina em alemão! – ainda naquele dia em que nos conhecemos, descobrimos que essa era a música alemã preferida dos dois. Sempre que tínhamos a chance, gostávamos de ouvir e cantá-la bem alto.

— Qual é, seu alemão é impecável, pode parar com isso. Aliás, quando é que vai ter a chance de cantar comigo num karaokê em Berlim novamente? – eu raramente pensava nos defeitos do Liam, mas tinha um em especial que eu simplesmente odiava: a capacidade de me convencer a fazer qualquer coisa.

— A cada compra de uma bebida a gente ganha uma ficha a ser usada no karaokê, então já temos quatro músicas para cantar – disse Bia chegando à nossa mesa e distribuindo cervejas para Wes, Liam e eu – Vão garotos, vocês começam!

O show começou com os meninos cantando músicas antigas do Jonas Brothers, o que trouxe bastante risada para o local. Durante a apresentação, Bia e eu compramos a próxima rodada de cerveja e, pouco depois, assumimos o palco com "I Really Like You" da Carly Rae Jepsen. Era possível ver os meninos rindo e gravando vídeos extremamente vergonhosos da nossa performance e, entre uma filmagem e outra, espiei Liam sorrindo para mim, como quem tinha recebido a indireta da música.

Depois de terminar nossa segunda música – "Shake it Off" da Taylor Swift, com direito a quase quinze pessoas invadindo o palco para dançar –, Liam tomou o microfone de Bia e anunciou um dueto surpresa comigo. Eu definitivamente não estava preparada para passar mais vergonha, então tentei fugir e descer do palco correndo, mas ele alcançou minha mão, entrelaçou seus dedos e me puxou de volta ao centro do palco. Um silêncio tomou conta do bar e entendi o que iríamos cantar assim que ouvi a primeira nota da música. Era "Start of Something New", de High School Musical, um filme que ele sabia que eu tanto amava. Afinal, quem é que cresceu nos anos 2000 sem ser fã de High School Musical?

Cantar com amigos é divertido porque você se humilha junto, cantando desafinado e sem ritmo. E como se não bastasse o constrangimento de fazer um dueto, que requer mais foco e, digamos, habilidade no canto, Liam insistiu que fizéssemos igual à cena original do filme, então acabamos encenando toda a performance.

I never believed in what I couldn't see	Eu nunca acreditei no que eu não podia ver
I never opened my heart	Eu nunca abri meu coração
To all the possibilities	Para todas as possibilidades
I know that something has changed	Eu sei que algo mudou
Never felt this way and right here tonight	Nunca me senti assim, e aqui, esta noite
This could be the start of something new	Isto poderia ser o início de algo novo
It feels so right to be here with you	Parece tão certo estar aqui, com você
And now looking in your eyes	E agora, olhando em seus olhos
I feel in my heart	Eu sinto em meu coração
The start of something new	O início de algo novo

Acho que pelo fato do resto das pessoas ali no bar terem a mesma idade, todos conheciam a música e cantaram juntos. Fizemos questão de imitar as cenas do filme da forma mais perfeita possível, inclusive o momento em que a Gabriella, personagem principal, quase cai do palco. Nessa hora, aproveitando que a plateia cantava a música, Liam me deu um rápido beijo e me segurou para que eu não caísse, adaptando a cena original.

– Amiga, o que foi isso? – Bia perguntou em português quando eu desci do palco e me entregou uma cerveja, puxando um banco para eu me sentar na mesa com ela e Wes.

– Pois é, isso rolou mais cedo... – eu ri e dei um gole na cerveja. Era diferente, tinha um gosto de laranja, o que me estampou uma careta na cara pela surpresa do sabor.

— Eu já esperava, sabia? Torci por você e Wes por um tempo, mas o Liam sempre combinou mais com você.

— Bom, já que vocês vão ficar conversando em português e eu não vou entender nada, vou lá fora tomar um ar — Wes interrompeu o assunto e se retirou da mesa. Ele provavelmente reconheceu seu nome na fala de Bia e ficou incomodado, como se estivéssemos falando dele pelas costas. De uma certa forma, estávamos, mas não era a intenção.

Eu sempre me irritava quando um grupo de pessoas conversava em um idioma que eu não entendia na minha frente e acabavam me deixando boiando no papo, então não o culpo por ter perdido a paciência naquele momento. No trem, ainda antes de chegar no primeiro destino da viagem, havíamos combinado em falar apenas inglês ou alemão se tivesse alguma pessoa no grupo que não entendesse português, e eu e Bia quebramos o combinado ali. E ainda citamos seu nome enquanto ríamos. E o de Liam. Que tinha acabado de me beijar em cima do palco para todo mundo ver.

E aí me toquei.

Ai meu Deus, eu preciso conversar com ele sobre tudo isso, levantei da mesa imediatamente, largando a cerveja e Bia para trás. Procurei Wes na parte externa do bar e o avistei em uma mesa vazia, daquelas de acampamento, longe do resto das outras pessoas. Ele estava sentado no topo dela com os pés apoiados no banco, observando a vista noturna da cidade. A Torre de TV se destaca bem no centro da paisagem, com sua iluminação clara.

— Desculpa por ter falado em português com a Bia, não foi nossa intenção te deixar por fora da conversa — falei enquanto me sentava ao seu lado.

Wes não moveu um centímetro de seu corpo enquanto eu falava.

— Queria conversar com você sobre aquilo que rolou no palco com o Liam e eu — tentei puxar ele para o diálogo mais uma vez.

Seu olhar continuou fixo no topo da Torre de TV por alguns minutos, e eu entendi que era com isso que ele estava incomodado.

— Wes...

Acho que ele perdeu a paciência ao ouvir seu nome, pois virou o rosto ao meu e me olhou sério por um breve momento. Deu um gole na sua cerveja, vestiu o capuz do moletom, e se levantou da mesa, indo embora sem falar nem uma palavra sequer.

22

Não era possível que Wes ainda estivesse bravo comigo. Já se passaram três dias desde que Liam me beijou no palco na frente de todo mundo e ele seguia sem trocar uma palavra comigo sequer, fazendo questão de sair do recinto quando eu me aproximava. Não fazia sentido ele sentir ciúmes do que aconteceu, pois nós dois havíamos concordado em ser somente amigos para não perdermos nossa amizade. Mas era exatamente isso que eu sentia que estava acontecendo.

Liam acabou me encontrando na parte externa do bar, e eu não sabia muito bem como explicar a ele o que acabara de acontecer, já que ele não tinha ideia da primeira parte da história. Mas eu também não queria criar mais confusões e mentir dizendo que estava tudo bem, então só contei que o Wes havia me ignorado, e que provavelmente estava chateado comigo.

– Eu te falei que ele tinha uma queda por você. Aquele dia depois de jantarmos no Pier, você lembra? Eu saquei pelo jeito como ele te olhava e conversava com você, e na época eu achei que era recíproco, mas, felizmente, hoje descobri que não – ele brincou, sentando ao meu lado e passando o braço pelos meus ombros, me puxando para perto – Eu vou conversar com ele quando tiver a chance... Fica tranquila.

Eu não podia deixar os dois conversarem sobre isso, então praticamente implorei para que ele me deixasse lidar com isso sozinha. Era possível que Wes contasse o que aconteceu em Langeoog e isso poderia atrapalhar o que eu estava começando a construir com o Liam.

Como que as coisas ficaram tão confusas assim? Em um minuto eu estava cantando e me divertindo com outros intercambistas em cima de um palco num bar em Berlim, e, em outro, meu melhor amigo estava me odiando por vários dias enquanto viajávamos pela Europa.

E agora eu me odiava também. Como não pensei nisso antes? Fiquei tão envolvida com o Liam que esqueci completamente do lance que tive com o Wes. Eu devia ter pensado em contar para ele antes, mas mal tive tempo – quando Liam e eu chegamos no bar, como todo mundo já estava enturmado e bebendo, apenas nos unimos ao grupo, então não tive a oportunidade de conversar com calma com Wes. Afinal, nem sempre as oportunidades caem nas nossas mãos. Muitas vezes é preciso criá-las.

Só que estava ficando cada vez mais difícil encontrar uma brecha nos nossos roteiros da viagem para conseguir conversar em paz. Os dias seguintes da noite do karaokê tinham roteiros bem fechadinhos, começando com um passeio guiado em um antigo campo de concentração nazista.

Como o grupo era muito grande, tivemos que nos dividir em duas equipes diferentes para fazer o tour com os guias do local. Não demorou nem um segundo para reparar que Wes foi correndo para o outro grupo, o que fez com que ficássemos o dia todo sem se ver. Por um lado, isso foi bom, pois assim consegui focar no tour e conhecer tudo sobre Sachsenhausen, um lugar horrível que escravizava, torturava e matava judeus e outras minorias durante a época nazista. Eu fico cada vez mais perplexa com a história da Alemanha, ainda mais quando penso que isso tudo aconteceu há menos de cem anos.

No dia seguinte do passeio, pegamos um trem para Dresden e depois seguimos para Praga e, ainda assim, não havia como puxar Wes para um canto. Nesse tempo, reparei que, sempre que tinha a chance, ele mudava de grupo de pessoas para não ficar perto de mim. Estava ficando cada vez mais desconfortável ver meu amigo se divertindo com outras pessoas em uma viagem que era para ser nossa despedida do intercâmbio.

Eu fazia tudo ao meu alcance para não deixar o clima tenso, até combinei com Liam de não andar de mãos dadas ou ficar muito junto quando Wes estivesse por perto, e fiquei feliz quando ele concordou de prontidão com a ideia. Mas já não aguentava mais todo esse distanciamento; eu precisava dar um basta nisso. Por isso, decidi que essa conversa aconteceria na primeira noite em Praga.

Depois do roteiro tradicional pela cidade com os monitores, fomos todos ao hotel descansar e se arrumar, pois havíamos recebido o passe livre para ir à maior balada da Europa, a famosa Karlovy Lázně.

— VOCÊ E O WES SE BEIJARAM? — Bia deu um grito de dentro do chuveiro enquanto eu contava toda a história. Estávamos nos arrumando e eu precisava da ajuda dela para meu plano funcionar. Ela também já tinha entendido que tinha algo esquisito rolando, então decidi explicar tudo de uma vez para não criar mais confusão.

Depois de ouvir todos os comentários de Bia a respeito da minha "saga amorosa internacional", como ela mesma fez questão de chamar, consegui contar o plano final para que eu conversasse em paz com o Wes e colocasse um ponto final nesse esconde-esconde que rolou nos últimos dias.

Alice havia me contado que existia uma parte externa muito grande na balada, com pequenos sofás e pouco barulho de música. Essa área também não era muito visitada, por isso seria perfeita para conversar com calma e sem distrações. A ideia era que Bia pedisse para Wes a acompanhar até lá fora, pois ela estava ficando sem ar, o que seria totalmente compreensível, já que ela tinha asma. Quando eles estivessem sentados nos pequenos sofás, eu chegaria e abordaria Wes, que não teria muito como fugir, já que não teria mais ninguém do nosso grupo por ali.

— Dani, você viu o Wes por aí? — eu e Bia perguntamos a uma das garotas do México, depois de passarmos quase quarenta minutos procurando por ele na maior balada da Europa.

— Ué, ele não veio.

— Como assim ele não veio? Eu o vi no metrô com você e o Carlos! — respondi praticamente gritando. Isso não podia estar acontecendo.

— É, mas ele e o Carlos resolveram fazer um pré no hotel e acabaram bebendo demais... Os seguranças da porta não deixaram eles entrarem.

Ela só podia estar brincando com a minha cara. Eu precisava conversar com o Wes o mais rápido possível. Coloquei as mãos na cabeça, como uma pessoa em completo desespero, olhando para os lados procurando por soluções. Nossa, como estava calor dentro daquela balada. Eu não aguentava mais a situação de vê-lo feliz com pessoas que nunca foram amigos próximos, só porque ele acha que não pode andar com Liam, Bia e eu. Por que meu rosto está molhado? Tenho certeza que o sequei depois de lavá-lo no banheiro. Eu só queria voltar pra quando tudo estava divertido, para a memória de nós quatro explorando cidades e fazendo tatuagens em becos aleatórios.

— Soph, vem cá – Liam percebeu que eu estava agindo de forma estranha e me puxou para um canto levemente menos lotado – Eu sei que você está triste que o Wes não conversa com você, mas você precisa respirar. Vem cá, deixa eu limpar suas lágrimas.

— Eu não estou chorando! – tentei me desvencilhar dos braços dele, que me seguravam contra a parede.

— Ei, tá tudo bem – ele me girou e me colocou de costas ao movimento da balada, de frente para a parede lisa e sem graça. Colocou as duas mãos nas minhas bochechas e focou seu olhar no meu – Você tá tendo uma crise. Eu e a Bia estamos aqui com você. Tá tudo bem. Respira comigo.

Olhando no fundo dos olhos dele, consegui acompanhar sua respiração e senti o ambiente parando de girar. Bia me dava a mão e apertava com força, e só então consegui retribuir o aperto, dando um sinal de que eu estava bem.

— Soph, eu vejo que você está extremamente incomodada com a situação. Mas você não pode deixar isso te consumir.

— Essa era pra ser a nossa viagem, sabe? De nós quatro! – apontei para a Bia, que estava ao nosso lado, fingindo que nos dava um espaço, mas eu sabia que ela estava ouvindo tudo – Eu não quero ter a memória de uma viagem chata sem o Wes se divertindo com a gente!

— Então crie uma memória feliz mesmo nessa situação – ele passava levemente os dedos pela minha bochecha – Eu também não queria que isso estivesse acontecendo, acredite. O Wes não está aqui na balada hoje, isso é um fato. E o que você prefere: ficar remoendo a ausência dele, ou curtir a noite comigo, com a Bia, e com o resto do pessoal? A gente não pode mudar o que aconteceu, mas como a memória vai ficar guardada aí dentro é escolha sua.

É impressionante como o Liam sempre tinha razão. No início da nossa amizade eu reparei que ele parecia muito inteligente, mas ao passar dos meses fui entendendo que o que ele tinha, na verdade, era maturidade. Entendia das coisas, sabia lidar com situações difíceis e focava com frequência no lado racional, balanceando muito bem com o emocional.

E dessa vez não foi diferente. Ele conseguiu me colocar no lugar certo, tirando minha mente da confusão de pensamentos e a trazendo para o que estávamos vivendo ali, no agora. Era hora de aproveitar a noite com meus amigos, e era uma pena que Wes não estivesse conosco. Mas não havia nada que eu pudesse fazer naquele momento.

23

Acordei no dia seguinte decidida a dar tempo ao tempo. A noite na balada, mesmo sem a companhia do Wes, havia sido extremamente divertida. Se eu passasse a viagem inteira me preocupando com ele e com nossa amizade, provavelmente perderia todos os passeios e a alegria que o resto do grupo trazia.

Mal tivemos tempo para tomar café e já embarcamos em um trem para Viena, nossa próxima parada. Novamente, descemos direto no principal ponto turístico do roteiro enquanto os monitores levaram nossas malas ao hotel.

Ao entrar nos jardins do Palácio de Schönbrunn eu vi Wes, Carlos e algumas outras pessoas indo desbravar um lado do jardim. Me obriguei a ignorar esse fato, e segui com Liam, Bia e as meninas do Canadá para o outro lado. Era hora de aproveitar mais um dia de viagem que com certeza seria delicioso.

– Você não acha muita coincidência a gente ter se cruzado sete vezes nos últimos sei lá, quinze minutos? – parei na frente de Wes, bloqueando seu caminho.

– Não muito – ele se desviou de mim e continuou andando. Para minha surpresa, ele continuou falando – Afinal, estamos em um labirinto, as pessoas estão perdidas. É completamente aceitável que se percam e se deparem com outras pessoas – ao terminar de falar, seguiu fazendo seu caminho, procurando a saída cada vez com mais pressa.

Por algum motivo, senti que ele estava criando uma abertura. Era a minha chance de finalmente esclarecer as coisas entre nós, sozinhos ali perdidos no meio de um labirinto.

– Sentimos sua falta na balada lá em Praga... Foi uma pena que você e o Carlos não tenham conseguido entrar – tentei puxar um assunto neutro antes de mergulhar na temática da nossa amizade recém-destruída.

– É. Foi uma merda na hora, fiquei muito mal – ele respondeu de prontidão, sem muita paciência para seguir com a conversa. – Mas pelo menos eu consegui dormir muito e repor minhas energias – ele continuava procurando a saída do labirinto.

– Desculpa pelo dia do karaokê – criei coragem e toquei na ferida depois de alguns minutos em silêncio – Em momento algum eu quis te fazer mal ou qualquer outra coisa.

– É, tanto faz.

Wes claramente não estava afim de conversar sobre isso. Mas algo dentro de mim dizia que esta era nossa chance de resolver as coisas.

– E eu digo isso do fundo do meu coração. Sinto muito pelo que eu te fiz sentir. A verdade é que eu nem sei o que você está sentindo, só sei que eu sinto a sua falta.

Wes seguiu em silêncio, como se não quisesse estar ali naquele momento.

– Ok, eu sei que toquei num assunto complicado, mas você não pode simplesmente desistir quando as coisas ficam difíceis.

– As coisas não ficaram difíceis, Sophie – ele parou de andar e se virou para mim – Você as tornou difíceis.

Ouvir isso foi como ser atingida por uma bola de basquete no nariz. A vontade de chorar era praticamente incontrolável, mas tentava ser dura o suficiente para me manter forte e ter uma conversa difícil de forma saudável, como gente grande. Acontece que não éramos gente grande. E ficava cada vez mais difícil esconder a raiva que eu tinha de toda essa situação.

Eu conseguia sentir o pânico virando a esquina, e dessa vez precisava me controlar para não ter mais uma crise. Meu fôlego ficou raso, e eu puxava a respiração mas não sentia todo o ar entrando nos pulmões. Nesse momento, lembrei de uma coisa que minha psicóloga havia me ensinado, e venci a vergonha.

– Olha, não se assuste, mas eu vou desabar. Vou desabar de chorar, porque estou com muito sentimento negativo armazenado aqui dentro e se eu segurar por mais um minuto, posso simplesmente explodir.

Wes me olhou confuso enquanto eu falava, e então me permiti chorar. Chorei na frente dele tudo que senti de ruim desde a noite do karaokê, chorei de tristeza por todos os momentos que havia imaginado com ele na viagem, mas que acabaram sendo vividos sem sua presença. Chorei até ficar sem fôlego – foi quando ele se assustou e me abraçou forte.

Eu tentava falar, mas ele me fazia sinais para não dizer nada, me abraçando até minha respiração voltar a um ritmo aceitável. Minha cabeça doía e meus olhos ardiam, mas meu coração ficava cada vez mais leve.

– Sabe, você não foi o único a perder com seu distanciamento. – Finalmente consegui construir uma frase inteira sem gaguejar – Eu estava tão ansiosa para essa viagem, Wes...

Me soltei do seu abraço, respirei fundo e limpei as lágrimas. Como se isso fosse servir de alguma coisa, já que em breve elas cairiam novamente.

– Essa viagem era para ser curtida com você, com o Liam, com a Bia. Nós quatro, como sempre fomos.

Wes se sentou no chão e ficou olhando para baixo enquanto cutucava os dedos.

– Eu também criei várias fantasias com vocês para a viagem – ele disse, ainda olhando para baixo.

Me juntei a ele, sentando ao seu lado e observando sua expressão facial. Era uma mistura de tristeza, alívio e indignação.

– O que aconteceu, afinal? Eu preciso entender por que você foi tão ríspido comigo no karaokê... – perguntei com um tom mais leve. – Só assim vou saber como melhorar a situação!

– Nem eu sei, Sophie.

– Sabe, sim. O que você sentiu naquele momento?

– Injustiça, eu acho? – ele tirou o olhar das suas mãos e o trouxe para mim.

– Como assim?

Ele permaneceu me olhando fixamente.

– Por que injustiça? – insisti.

– Injustiça, Sophie! – Wes se levantou, deixando claro que estava perdendo a paciência – Acho que eu me apaixonei por você em cinco dias e não suportei te ver com alguém que não fosse eu, então eu surtei! Me afastar era o mínimo que eu conseguia fazer ali no momento para não ter que te aturar com outro.

Não era possível que o Wes estivesse apaixonado por mim. Ele mesmo tinha dito que o que aconteceu em Langeoog foi apenas uma noite bêbada sem significado. Se Wes gostava de mim desse jeito, por que ele havia mentido sobre sermos apenas amigos?

— Achei que a gente tivesse esclarecido as coisas entre a gente aquele dia na festa na sua casa...

— Pois é, eu também achava isso — ele disse com um tom irônico de quem certamente achou errado. — Você falou que era melhor se fossemos apenas amigos, pois não queria se envolver com ninguém no intercâmbio, ainda mais agora que estamos na reta final. Mas parece que esse não era o motivo verdadeiro.

Então era isso. Wes não tinha concordado em ser apenas meu amigo para que nossa amizade não acabasse. Ele tinha aceitado não entrar em um relacionamento comigo quando sabíamos que em menos de um mês estaríamos em continentes opostos, o que faz total sentido. E eu deveria ter seguido este pensamento...

— Tem uma atriz brasileira que uma vez disse que nós não somos o que queremos ser, mas sim o que conseguimos ser. E eu acho que é isso que está acontecendo... — quebrei o longo silêncio que se instaurou depois da confissão de Wes — Eu não me planejei para ter algo com o Liam nessa reta final. Eu não planejei nada, na verdade, mas também não neguei quando aconteceu.

— Por que não? — ele perguntou franzindo a testa, com um tom curioso.

— Porque eu já sentia algo por ele e na hora meu coração falou mais alto que minha cabeça — respondi apontando para minha tatuagem.

— Você já gostava dele quando passamos a noite juntos em Langeoog? — Wes questionou depois de um pequeno silêncio. Ele olhava para baixo, como quem tinha medo de ouvir a resposta.

Seria muita injustiça da minha parte mentir para ele a essa altura do campeonato. Então fechei meus olhos, apoiei a cabeça na parede de plantas que estávamos encostados, e contei a verdade.

— Sim, já gostava. Mas isso não diminui nada do que a gente teve.

— Bom, isso depende. Você pensou nele enquanto estava comigo? Eu quero que você saiba que isso não é um interrogatório, só quero entender algumas coisas porque reparei que a gente tem sentimentos diferentes das situações.

Era possível reparar a voz de Wes ficando calma a cada palavra que ele falava, o que também me deixava tranquila. A conversa estava ficando complexa, difícil, e eu nem sabia como organizar tudo que eu estava sentindo.

– Não, não pensei. – confirmei a ele – Quero dizer, no momento que eu senti o clima entre nós dois, enquanto jogávamos "eu nunca" com o pessoal, me retirei dali para tentar entender o motivo do meu coração estar palpitando tanto. Nessa hora, pensei no Liam, pensei em como eu gostaria de estar vivendo aquilo com ele, mas instantaneamente também reparei que isso nunca ia acontecer. E que eu deveria pensar menos e viver mais. Mergulhar a fundo no que estava sentindo, sabe? Então quando você chegou no quarto e deitou na cama comigo, eu decidi que não ia reservar aquela vontade de estar com alguém só para o Liam.

– Obrigado por me contar isso – disse Wes com um sorriso torto.

– De nada. Farei o que for preciso para que a gente fique bem.

– Não tenho o direito de ficar bravo com você. Peço desculpas por isso, de coração. Você não tem culpa de como você se sente, tem coisas (ou pessoas) que não dá para escolher. Eu só queria entender tudo isso que passou pela sua cabeça, para conseguir me explicar, também. Aquela noite em Langeoog foi algo muito especial para mim, muito mais do que eu imaginei que seria. Eu gostei de você desde o momento que te conheci, por várias pequenas coisas que você fez aquele dia.

– Tipo o quê? – perguntei curiosa.

– Começando pelo fato de que você não parava de me olhar como se eu fosse um alienígena quando me sentei perto do palco. E aí, quando o diretor contou que eu morava em Nordhorn e apontou para você e Liam, pude ver sua animação de ter mais intercambistas na região que você morava. Depois disso, você foi a primeira a querer saber minha história, e se demonstrou muito empolgada quando soube que eu era músico. E, para melhorar tudo, nós terminamos a noite na minha casa tomando vinho com a minha mãe hospedeira que eu nem tinha intimidade ainda. Obrigado por isso, aliás, foi aquela noite que me fez criar um laço com a família.

Wes ter falado isso tudo me fez ficar confusa, porque isso não se passava de um comportamento normal da minha pessoa. Mas talvez eu seja mesmo um pouco empolgada demais.

— E, desde então, você faz de tudo para me inserir no grupo dos estrangeiros. Eu cheguei no meio do intercâmbio de vocês, e já vim preparado para ficar um pouco isolado das pessoas, sem saber as piadas internas ou as fofocas das panelinhas... Mas você me adotou, como você mesmo disse naquele dia que nos conhecemos. E aí eu não me senti nem um pouco fora da bolha. Obrigado por isso também.

Eu não fazia ideia de como essas pequenas ações mudaram o intercâmbio do Wes. Enquanto ele falava, fui ficando mais e mais feliz por ter ficado amiga dele.

— E todas as músicas brasileiras que você me apresentou são incríveis, não teve nem umazinha que eu não tenha gostado. Você também me mostrou toda a região em que moramos, as melhores lanchonetes de döner da cidade, e fez com que eu me sentisse em casa, mesmo tão longe de Melbourne.

— Wes, eu só fiz tudo isso com você porque eu gostaria que fizessem comigo.

— Isso diz muito sobre você, Sophie. É sério, só tenho a te agradecer por me acolher e me ensinar tanto! Aquela noite em Langeoog foi muito única para mim e eu nem sei explicar o motivo. Falamos tanto de música, que é minha maior paixão da vida, ouvimos artistas que sempre admirei, e ver você curtindo aquele momento foi muito gostoso. Acho que você nem sabe disso, mas eu mal dormi naquela noite. Fiquei acordado te vendo dormir (não de forma psicopata, claro) e pensando em como eu tinha tanta sorte e azar em uma coisa só.

— Como assim? — o cortei.

— Sorte de ter encontrado alguém tão incrível como você, e azar de não saber o que fazer com aquela situação. Não saber se eu me entregava a você e tentava algo minimamente sério, não saber como lidar com a distância que teríamos em poucos meses... Fiquei horas acordado pensando em possibilidades, e foi assim que eu reparei que estava ferrado, porque estava apaixonado por você.

Era tanta informação para processar, que minha cabeça já estava começando a latejar. Antes que eu pudesse responder qualquer coisa, fomos interrompidos pelo toque do meu celular. Eu havia ativado a função silenciosa em que as ligações só tocavam em volume alto se um mesmo número ligasse mais de uma vez em poucos minutos. Atendi e logo ouvi os berros de Bia do outro lado da linha. O grupo inteiro estava na porta dos jardins do Palácio, esperando apenas nós dois aparecermos.

Nos levantamos em um pulo e rimos de como não percebemos que já havia se passado uma hora que estávamos ali conversando. Corremos o mais rápido que conseguimos até a entrada e pedimos mil desculpas ao grupo enquanto tentávamos respirar para recuperar o fôlego.

– Gente do céu, onde vocês estavam? Procuramos vocês por toda parte! – gritou Bia levemente desesperada.

– Ai, foi mal, nos perdemos no labirinto e acabamos perdendo a noção de tempo – respondi.

Liam abriu um sorriso ao ver que eu e Wes estávamos juntos e sem expressões faciais raivosas.

– E está tudo bem? – ele perguntou, claramente se referindo à situação dos últimos dias.

Virei meu rosto e mandei um olhar para Wes, esperando-o responder.

– Sim, está tudo bem – ele riu, me abraçando e bagunçando meu cabelo, como sempre faz.

24

Era até engraçado olhar para Wes e Liam rindo e zombando de tudo e todos, e pensar que há uma semana eu sentia que nunca mais viveria momentos tão gostosos quanto esse com eles. A viagem ganhou outro brilho depois da conversa profunda com Wes no labirinto. Conhecemos mais outros três países e o clima entre o grupo nunca esteve tão tranquilo. É como se Wes e eu tivéssemos entregue nossos corações um para o outro, e nada nos deixava sem graça. Eu e Liam mantemos nossa palavra e não ficamos grudados durante a viagem, o que fez com que Wes se sentisse parte do trio novamente, fazendo até algumas piadas da situação.

A Europa consegue ficar ainda mais linda quando desbravada com as melhores companhias.

Os dois sentavam à minha frente no trem, discutindo sobre qual guitarrista de Red Hot Chilli Peppers é melhor (Liam prefere o Josh, e Wes defende o Frusciante) enquanto eu montava a lista de músicas que ouviríamos nas próximas horas. Fiz questão de colocar apenas as bandas que veríamos ao vivo no Cyclone na ordem que os shows aconteceriam no festival, que começava naquela tarde e tinha a duração de três dias.

– Quem está pronto para se divertir? – gritou Bia ao entrar no vagão de trem que estávamos, tirando uma garrafa de cerveja de 1 litro da bolsa e a levantando para cima.

Não era permitido consumir bebidas alcoólicas dentro do trem, mas Bia não parecia muito preocupada. Afinal, o vagão estava abarrotado de jovens a caminho do Cyclone, que eram facilmente reconhecidos pela pulseira (e também ingresso do festival) no pulso.

— Amiga, cadê a barraca? – perguntei, quando reparei que ela carregava apenas uma mochila nas costas.

— Que barraca?

— Você ficou de trazer a barraca para nós duas dormirmos, lembra? – comecei a me preocupar de ter que dividir barraca com mais quatro pessoas por um desleixo da Bia.

— Eu vou ficar com o Wes e o Carlos na barraca deles!

— Não, o Wes vai ficar na barraca com o Liam. E eu ia ficar com você na sua.

— Amiga, quem vai ficar com o Liam na barraca é você, sua louca! – ela respondeu, rindo da minha cara e tirando a bolsa que estava no meu colo, pois eu havia engasgado com o que acabava de ouvir.

— Bia, como assim? Socorro, que vergonha! De onde você tirou isso? – nesse momento agradeci ao universo por poder falar em português sem que os meninos me entendessem.

— Olha a bagagem deles, cada um trouxe uma barraca. Já está decidido, não precisa ter drama, só aproveite! – ela continuava rindo, mas me ajudou a mudar de assunto e voltar a falar em inglês com Wes e Liam.

A chegada no festival foi um pouco caótica, com filas enormes de revista para entrar na área de *camping*, onde encontramos um espaço longe dos banheiros e montamos as barracas. Eu sempre tive curiosidade de entender como estes festivais de acampar funcionavam, e fiquei surpresa ao ver que o local era extremamente organizado: os espaços para barracas eram delimitados no chão, deixando sempre "ruas" livres para circulação. Também havia placas com números e letras indicando essas "ruas", parecendo o mapa de Nova York (ou Brasília, mas mais fácil de entender).

Montamos nossas barracas no lote 23J e literalmente corremos para a área de palcos do festival para tentar assistir o início do show da Foals, banda que somente o Wes conhecia antes de vermos a programação do fim de semana. Como boa planejadora que sou, fiz questão de deixar os colchões de ar prontos para serem usados, pois sabia que voltaríamos mortos de cansaço depois de tantas horas em pé cantando e dançando. A tarde nem havia terminado e a última banda do dia só acabava seu show depois de meia-noite, então era preciso muita disposição para aguentar o ritmo dos próximos dias.

Assim que pisamos em frente ao palco, ainda freando e diminuindo a velocidade da corrida, o artista tocou sua primeira nota e reconheci a música imediatamente. Cantamos aos berros a canção preferida de Wes, "Mountain At My Gate", e só depois de duas outras músicas a banda fez uma pausa para conversar com o público e dar aquela encantada ao falar algumas palavras em alemão. Aproveitei o fim da nossa euforia de início de festival para fazer um reconhecimento da área – gosto sempre de saber onde coisas importantes como banheiro, posto médico, lojas e bares são, para caso precise em momentos de urgência. Sim, garrafas de cerveja vazias caracterizavam como urgência.

– Quer apostar quanto que eu acerto aquela garrafa e ganho o prêmio? – disse Liam apontando para um dos cinquenta estandes com ativações de marcas.

Por toda a área do festival, víamos grandes tendas patrocinadas por marcas famosas oferecendo brindes, como camisetas, bichos de pelúcia, objetos de decoração e até mesmo tatuagens. O que mais nos chamou atenção era patrocinado por uma marca de roupa, que contava com jogos estilo gincana em que era possível ganhar camisetas de várias bandas que se apresentariam nos próximos dias, além das peças oficiais do festival.

– Se eu me basear na sua experiência e mira jogando flunkyball, não duvido nada que você acerte aquela garrafa lá no alto.

– Eu gosto de desafios – Liam franziu os olhos e cruzou os braços. – O que você me promete se eu acertar?

– Prometo aproveitar ao máximo nossos últimos dias juntos. Como se isso não fosse acabar.

– Ah, mas isso não vai acabar – ele respondeu de prontidão – Eu não vou deixar.

O funcionário do estande entregou três *frisbees* a Liam e o assistimos tentar acertar o topo da pirâmide feita de garrafas da cerveja patrocinadora do festival. Havia outros níveis com prêmios diferentes, mas Liam gosta de dar passos largos e tentar o mais difícil. Na terceira e última tentativa, o *frisbee* faz uma curva inesperada no ar e acerta a garrafa mais alta.

– Uau! Parabéns! Com um pouquinho de emoção, mas muito merecido – disse o funcionário.

— Sabe como é, as duas primeiras tentativas foram só de brincadeira, para gerar uma expectativa — Liam respondeu, rindo.

— Bom, podem escolher duas daquelas camisetas expostas ali, enquanto eu pego os passes.

— Passes? Achei que o prêmio eram só as camiseta — perguntei, confusa.

— Aqui, dois passes para assistir um show a escolha de vocês da área exclusiva de convidados.

Depois de escolher as respectivas camisetas (Liam pegou uma azul-marinho com a estampa de um ciclone na frente e as datas e bandas do festival nas costas, enquanto eu decidi por uma camiseta amarela mostarda com frases de Portugal. The Man, uma das bandas que eu mais gostava da programação), fomos até a enorme placa com a programação do fim de semana para escolher o show que iríamos assistir da área exclusiva.

— Eu queria ficar com Wes e Bia em Red Hot Chilli Peppers, Foster the People, Of Monsters and Men e Milky Chance, acho que os shows maiores devem ser mais legais de aproveitar no meio da galera...

— É, eu concordo. Se tivéssemos quatro passes, poderíamos ir todos juntos, mas acho melhor escolher um show menor para irmos só nós dois e eles não ficarem bravos. — Liam assentiu.

— Logo depois de acabar Foals tem o Max Giesinger com Andreas Bourani no palco Bremen. Nunca vimos artistas alemães ao vivo, o que acha?

— Espera, Max Giesinger é o que canta "80 Millionen", não é?

— Sim, ele mesmo!

— Então o que estamos esperando? É a nossa música, Soph! — Liam respondeu empolgado, me abraçando.

Voltamos à plateia do palco em que Foals tocava para contar a Wes e Bia o que havíamos ganhado graças à habilidade do Liam com *frisbees*, e antes mesmo de o show acabar fomos até a área exclusiva do palco Bremen para ter certeza de que os passes eram válidos.

A segurança da área colocou uma pulseira extra em nosso punho com um escrito TOTAL ACCESS e liberou nossa entrada, nos mostrando onde ficavam as estações de descanso, os banheiros, o bar e a comida. Ao ver o banquete servido, agradecemos ao santo do planejamento por termos ido à área vários minutos antes dos shows começarem, pois iríamos precisar de muito tempo para experimentar todos os quitutes alemães servidos por ali.

Tinha um pouco de tudo: folhados de maçã, panquecas bem fininhas, todos os tipos de salsicha possíveis, sanduíches de schnitzel, saladinhas de batata, e outros mini pratos sendo servidos. Ao lado podíamos pegar qualquer bebida que quiséssemos sem pedirem nossas identidades, incluindo todos os sabores da cerveja patrocinadora do festival, algumas opções de sangrias, e drinks com *jägermeister*.

Vimos um certo movimento na plateia, abaixo da área exclusiva, e corremos para pegar uma boa visão do show. A tarde estava se encerrando, o sol se punha ao lado do palco em um tom de laranja digno de filtro de Instagram, e eu não podia me sentir mais realizada. Max Giesinger e Andreas Bourani, dois dos meus artistas alemães preferidos apareceram no palco para um show em conjunto e a plateia foi à loucura. Eu também gostaria de estar pulando e gritando, mas fui obrigada a manter a pose, pois estava rodeada de pessoas chiques e convidadas.

A primeira música foi o hit "Auf Uns", do Andreas Bourani, uma das únicas músicas em alemão que eu sabia cantar de cor, sem errar, sabendo o significado da letra inteira.

Ein Hoch auf das, was uns vereint	Um viva àquilo que nos une
Auf diese Zeit	A este tempo
Ein Hoch auf uns	Um viva a nós
Auf dieses Leben	A esta vida
Auf den Moment	A este momento
Der immer bleibt	Que permanecerá
Ein Hoch auf uns	Um viva a nós
Auf jetzt und ewig	Ao agora e sempre
Auf einen Tag	Por um dia
Unendlichkeit	Interminável

Depois do primeiro refrão Liam sumiu por alguns segundos e retornou com dois drinks novos.

– A nós. A este tempo. Ao agora e sempre – ele falou em alemão, fazendo referência à música.

— A nós —respondi, erguendo o drink ao alto e aproveitando o restinho da música.

Como era de se imaginar, a música seguinte era do Max Giesinger. Minha torcida interna deu certo e eles deram início a "80 Millionen", a famosa canção que eu e Liam tanto gostávamos.

So weit gekommen und so viel gesehen	Fomos tão longe e vimos tanto
So viel passiert, dass wir nicht verstehen	Tanta coisa aconteceu que nós não compreendemos
Ich weiß es nicht, doch ich frag' es mich schon	Eu não sei, mas eu me pergunto
Wie hast du mich gefunden?	Como você me encontrou?
Einer von 80 millionen	Um em 80 milhões

— Lembra quando te contei que estava apaixonada por um garoto alemão? — criei coragem e falei.

— Aquele que eu prometi chutar o nariz dele se ele quebrasse seu coração? — ele riu.

— O próprio.

— O que tem ele?

— Bom, ele não é alemão.

— Não? Ele é de onde?

Fiquei em silêncio olhando fixamente para o palco, acompanhando a música com os lábios. Pude ver a transição da expressão facial de Liam, saindo da confusão e arqueando as sobrancelhas, como quem havia descoberto um enorme segredo.

— É você. Sempre foi você — voltei meus olhos aos seus, sincronizando minha fala com o fim da estrofe, para dar um charme a mais à situação.

Liam me abraçou e me deu um beijo, fazendo carinho nas minhas bochechas.

— Soph, você me contou isso há muitos meses... Você sempre teve uma quedinha por mim?

Eu me recusei a responder e apenas ri, voltando a atenção ao palco.

— Eu não acredito que não saquei isso a tempo — ele disse inconformado com si mesmo, balançando a cabeça em negação.

— Por quê?

— Porque eu soube que você era especial desde a primeira vez que te vi, com aquelas tranças na cabeça, feliz da vida por encontrar uma pessoa estrangeira – ele explicou – Você falava igual um papagaio, não sabia se estava bêbada, animada ou nervosa.

— Um pouco de cada, eu acho – rimos. – Então quer dizer que o senhor já gostava de mim naquela época?

— Talvez... – ele respondeu com timidez – Eu tentava convencer minha cabeça que não podia te querer, mas não conseguia.

☆☆☆☆☆☆

Não abri os olhos quando acordei na manhã seguinte, pois não queria acordar daquele sonho que eu estava vivendo. Na minha cabeça, pensamentos borbulhavam a cada segundo, alguns como *"eu realmente dormi com ele?"*, *"eu não podia ter uma primeira vez mais maravilhosa"* e *"não acredito que em menos de um mês isso não existirá mais"*.

Por mais de cinco minutos, tudo que eu conseguia fazer era pensar. Em tudo. Tudo que vivi, tudo que pensei, tudo que imaginei. Tudo que esperei que fosse acontecer. Tudo que rezei para que acontecesse. E nada do que eu passei na noite anterior foi do jeito que eu esperei ou pedi. Foi melhor. Muito melhor.

Ainda nus, eu sentia seu corpo quente pressionado contra o meu, me esquentando da baixa temperatura. Também sentia o carinho que ele fazia com a ponta dos dedos no meu quadril, como se estivesse analisando uma obra de arte, que eu claramente não sou. Após alguns minutos, o carinho parou, seu corpo se mexeu um pouco, e comecei a escutar um som bem calmo, junto com um cantarolado relaxante. Decidi abrir os olhos, e me senti dentro de uma redoma. Eu podia ouvir e ver a bagunça que estava na área de *camping* lá fora, mas dentro da nossa barraca eu só conseguia me concentrar nele. Na hora que se mexeu, Liam pegou o violão que Carlos havia deixado em nossa barraca e começou a tocar, quase que sem nenhum som, a música "Banana Pancakes", do Jack Johnson. Seus dedos raspavam entre as cordas, e ele cantarolava bem baixinho o ritmo da música, como se não quisesse me acordar. Mal sabia ele que eu já estava acordada há um bom tempo, aproveitando o carinho e o conforto de seu abraço.

— Ei, eu te acordei? Me desculpa! Não consegui dormir depois que o Wes caiu bêbado na frente da nossa barraca. Volte a dormir, vou parar de tocar, me desculpe! – ele disse, colocando o violão de lado e me abraçando.

— Não me acordou, não, pode voltar a tocar! Acordar ao som de Jack Johnson e seu cantarolado é uma delícia.

> Lady, lady, love me
> Cause I love to lay here lazy
> We could close the curtains
> Pretend like there's no world outside

Ele volta a tocar, e escolhe um trecho da música que se encaixa perfeitamente ao momento.

> We could pretend it all the time...

Continuo na melodia, seguida de um suspiro tristonho. Eu daria tudo para fingir que não existe mundo lá fora, e que nós dois continuássemos aqui. Juntos, para sempre.

Acabei pegando no sono novamente e, quando acordei, a barraca já estava toda arrumada. Minhas roupas em cima da mala, as bebidas colocadas para fora, e a mala do Liam com o zíper quase fechado. Aproveitando que eu estava sozinha dentro da barraca, me troquei rapidamente com medo do Liam entrar e me ver pelada morrendo de frio. Ter vergonha do próprio corpo depois de se abrir completamente para quem você ama não faz o menor sentido. Enfim, a hipocrisia de uma adolescente despreparada.

25

Diferentemente do que eu imaginei, os últimos dias do intercâmbio se passaram incrivelmente rápidos. Eu queria curtir cada minutinho com o Berndt e as crianças, porém parecia que os segundos eram mais velozes do que o normal. Também queria aproveitar o tempo restante que tinha com Liam, Wes e Bia, mas eles, assim como eu, estavam super atarefados com encontros finais e malas a fazer. Ninguém me avisou que a etapa final era tão burocrática e difícil.

Depois que voltamos do Cyclone, passei dois dias inteiros lidando com papéis na escola, na prefeitura, no banco, e no escritório da Youth Travel. Angela, mãe hospedeira de Wes, fez questão de fazer uma festa de despedida para ele e, como meu voo para o Brasil era no dia seguinte, aproveitamos para me incluir na despedida. Conseguimos juntar uma boa parte dos intercambistas por algumas horas, assim como colegas da escola do Wes e também algumas das minhas amigas alemãs que toparam de última hora.

A festa seguiu o padrão de qualidade que Angela já havia nos provado. Dessa vez, entretanto, ela honrou a Wes e a mim, colocando mesas e cadeiras de acampamento por todo o gramado do jardim, um bar também de madeira com estilo rústico, e comidas de lanche que mais gostávamos, como cachorros-quentes e sanduíches.

Ter essa última noite com os amigos foi fundamental. Antes de anoitecer, Berndt levou os pequenos e pude ver todo o meu ano na Alemanha em um só lugar, o que me fez chorar copiosamente de cinco em cinco minutos. Bastava eu terminar a conversa com alguém, olhar em volta e me dar conta de que toda aquela vida que eu havia construído iria acabar em menos de 24 horas, que meu choro descia de forma incontrolável.

Jogamos partidas adaptadas de flunkyball com refrigerantes e sucos para que todos pudessem participar, e o jogo foi mais divertido do que pensávamos. Ver Angela e Berndt perdendo das crianças foi uma das cenas que eu não sabia que precisava ver (e que também me fez chorar), mas que contribuiu para que o meu último dia do intercâmbio fosse o melhor possível.

O dia 2 de julho finalmente chegou e eu não queria me levantar da cama. Ao abrir os olhos, vi meu quarto praticamente pelado, com as malas na porta e apenas uma muda de roupa em cima da escrivaninha, que costumava ficar uma zona com meus cadernos e equipamentos do computador. A parede, que levava fotos do Brasil e do intercâmbio, nunca esteve tão vazia. Até a mesinha de cabeceira estava estranha, sendo apoio apenas para meu celular e o carregador, sem os porta-retratos e pequenos objetos como livros, pulseiras, remédios e alguns docinhos alemães.

> De: Wes Fisher
> Para: The Three Amigos
>
> já chegou no aeroporto, sophie? estou buscando a bia e já já estamos aí. qual seu paradeiro, liam?

> De: Liam Baker
> Para: The Three Amigos
>
> estou preso no banco até agora :(tive problema com meus documentos e hoje é o último dia útil antes de eu ir embora, preciso resolver o mais rápido possível, se não eu não consigo embarcar de volta pros estados unidos.

— Como assim o Liam não veio? – perguntou Bia, indignada, quando me encontrou no aeroporto.

— Ele teve que resolver umas coisas no banco, mas disse que vai tentar vir correndo – Wes respondeu quando reparou que eu estava impaciente atualizando as mensagens do celular para tentar ter alguma notícia de Liam.

Ainda tínhamos uma hora e meia até eu entrar na sala de embarque e, conhecendo Liam, era muito capaz de isso tudo não se passar de uma brincadeira em que ele fingia que não iria ao aeroporto se despedir de mim, mas aparecia nos últimos minutos para deixar o dia mais emocionante. Tentei aproveitar ao máximo o restinho de vida alemã que eu tinha, almoçando um döner e um cachorro-quente de curry com suco de maçã para acompanhar mas, mesmo me esforçando para focar na comida que tanto amava e nas pessoas que me faziam companhia ali, eu não deixava de olhar para o meu celular, esperando uma mensagem de "estou chegando!", ou simplesmente vê-lo correndo em nossa direção.

Os minutos foram passando e meu voo ficava cada vez mais visível no painel do aeroporto. Não era possível que o Liam realmente não ia me ver indo embora. Logo ele, que me fez estender o intercâmbio e conhecer uma outra vida na Alemanha.

– Amiga, seu voo já está sendo chamado há muito tempo, acho melhor você entrar logo... – Bia fez uma expressão triste, como quem sabia que eu teria que desistir dessa ideia de ver Liam uma última vez.

– É verdade, e se o portão for muito longe? Pode ser que você demore uns 15 a 20 minutos andando lá dentro até chegar no portão correto! – Berndt a apoiou.

Eu sabia que eles tinham razão. Mas eu não queria acreditar que iria embora do país sem me despedir da pessoa que fez aquilo tudo acontecer. Começamos, então, a rodada de choros e despedidas.

Apertei tanto as crianças que elas reclamavam alto, mas eu não permitia que elas se soltassem do meu abraço. Os pestinhas foram ótimas companhias por tantos meses que não conseguia imaginar minha vida sem duas crianças em casa. Dava trabalho cuidar da bagunça e do ego deles? Muito, mas era isso que mantinha a família viva.

Dar um último abraço em Berndt doeu mais do que eu imaginei. Pude acompanhá-lo por um ano inteiro sendo um pai incrível, tanto para as crianças quanto para mim. Ele soube ser firme nas horas corretas, e um grande amigo em várias outras, me provando que adultos também são divertidos.

– Sophia, nunca se esqueça – disse Berndt ao me abraçar – "*Man sieht sich immer zweimal im Leben*", tá bom? – Aprendi esse ditado alemão naquele mesmo lugar, ao ver ele se despedir de Alice. Na época, quando eu não entendia alemão muito bem, ele me explicou: é um provérbio que diz que as pessoas sempre se encontram duas vezes na vida.

A Bia quase entra na área de embarque comigo, já que ela grudou no meu corpo e não me soltava mais. Apesar de termos personalidades completamente diferentes, ela foi uma baita irmã postiça nesse ano que se passou. Com seu sotaque paulista carregadíssimo e seu comportamento descolado, ela me ensinou tanto que realmente parecia uma irmã mais velha.

— Como que você não está sentindo calor com esse casaco? — perguntei a Wes quando ele foi me dar um último abraço.

— Ah, eu estou morrendo de calor — ele riu — mas sei que você adora esse moletom.

Wes era tão alto que seu abraço me envolvia por inteira. Era como ser abraçada por um urso enorme que, mesmo fazendo muita força, entregava mais carinho do que tudo.

— Eu sei que a gente teve nossos problemas, mas você continua sendo minha pessoa preferida.

— Me desculpe se te fiz mal em algum momento, você sabe que nunca foi minha intenção — eu disse em meio às lágrimas.

— Ei, deixa isso pra lá. O importante é que a gente está bem agora. E, se for para tocar no assunto, que pena que não demos certo. Mas é que não era para ser, simples assim. *Vielleicht am nächsten leben*, combinado? — ele riu, cantando a última frase. É uma referência à frase "talvez na próxima vida" de uma música alemã que gostamos muito.

— *Vielleicht am nächsten leben*, então — assenti com a cabeça e o abracei uma última vez.

Meu voo foi anunciado mais uma vez no alto-falante do aeroporto, e eu não podia mais esperar pelo Liam. Passei pelo controle de raio x ainda olhando para trás, procurando por seu rosto, mas era tarde demais.

Depois de muitos minutos andando dentro da área de embarque, finalmente cheguei ao meu portão. A fila quase não existia, pois a maioria dos passageiros já estava dentro do avião, então me apressei para entrar. Depois de me acomodar no assento e ligar o fone na pequena televisão da poltrona da frente, me lembrei que Liam havia me entregado uma carta na noite anterior. O pedido era claro: eu só podia ler quando estivesse sentada dentro do avião com o cinto de segurança preso.

Perturbei as pessoas nas cadeiras ao meu lado e consegui pegar a mochila no compartimento de bagagem. Junto com os presentes de despedida que ele tinha me entregado, estava o envelope azul escuro escrito *Für Sophia* com as letras de recortes de revista.

Für Sophia

Pequena Soph,

Não sei nem por onde começar a falar o que eu estou sentindo enquanto escrevo esta carta. São tantas emoções misturadas que a única coisa com sentido que sai da minha cabeça agora é: muito obrigado.

Obrigado por ter me abordado naquela festa no centro de Lingen e conversado comigo por horas sobre toda e qualquer coisa.

Obrigado por ouvir minha ideia maluca de ficar na Alemanha por mais um ano e me acompanhar no intercâmbio.

Obrigado por todos os passeios de bicicleta por Lingen e Veldhausen, pelos bosques no meio do caminho e pelos lanches de döners.

Obrigado por estar sempre ao meu lado, mesmo nos tempos difíceis. Por ter me ajudado quando a Emily terminou comigo e eu não sabia o que fazer.

Obrigado por me receber sempre tão bem na sua casa (e pelas panquecas deliciosas).

Obrigado por se preocupar comigo quando eu comecei a viajar e sair mais com as outras pessoas da Youth Travel.

Obrigado por permanecer minha amiga depois de tantos meses de intercâmbio.

Obrigado por ser a melhor companheira de passeios turísticos pela Europa.

Obrigado por ser minha Flakturm.

Obrigado por ter tanta consideração com amigos e não parar quieta até que os problemas estejam resolvidos. Isso diz muito sobre você.

Obrigado por ter o melhor beijo e abraço do mundo.

Obrigado por compartilhar de um gosto musical impecável e ter feito parte de um dos melhores fins de semana da minha vida.

Obrigado por não reclamar que eu ocupava o espaço inteiro da barraca enquanto dormíamos.

Obrigado por simplesmente existir, eu acho.

Você virou meu intercâmbio de cabeça para baixo, e de uma maneira positiva! Eu não imaginei que fosse viver um amor internacional, mas soube que eu estava ferrado no dia em que te conheci. Algo ali me disse que aquela menina de tranças não sairia da minha vida tão cedo. E não vai sair mesmo, viu? Porque eu não vou deixar.

Soph, isso aqui não está nem longe de acabar. Isso é só o início.

Espero que você tenha uma ótima viagem de volta para casa. Coma muitos pães de queijo e pastéis por mim.

Nunca se esqueça que você é linda e que eu te amo.

Abraço apertado do seu Liam.

Obs.: me desculpe por não ter ido ao aeroporto. É, eu já sabia que não iria quando escrevi essa carta, e você provavelmente está muito brava comigo agora, mas, acredite, foi para o nosso bem.

A real é que eu não queria te ver ir embora. Eu não sei se conseguiria te entregar para um avião que levaria para longe de mim, era possível que eu me prendesse a você e não soltasse mais, então preferi não me despedir de você nos seus últimos minutos na Alemanha.

Eu me preparei para te ver pela última vez quando te entreguei esta carta na festa de despedida que você fez com o Wes. Foi tudo arquitetado por mim (não me mate!), e não poderia ter sido melhor.

Espero que tenha gostado dos presentes, inclusive. Sempre soube que você adorava meu agasalho azul marinho com listras, e agora você pode ter um pedacinho meu com você. Torço para que meu cheiro permaneça nele por um bom tempo para você nunca se esquecer de mim (por favor, não esquece de mim!). E sobre a bolsa com a estampa da placa de "you are leaving the american sector" de Berlim, eu vi você de olho nela em uma das milhares de lojinhas que entramos, então comprei escondido enquanto vocês tomavam sorvete lá na porta. Eu sabia que aquela viagem ia ser especial, mas não imaginava que mudaria tanto minha vida. Agora você tem um souvenir do nosso momento único e incrível na Flakturm, imagino que não se importe por eu ter rabiscado a estampa da bolsa com um canetão vermelho. Achei que riscar a palavra "leaving" e escrever "entering" faria mais sentido na nossa situação.

Tripulação, preparar para decolagem.

Epílogo

SETE ANOS DEPOIS

— Alex, você pode levar minha mala e deixar no meu quarto, por favor? – perguntei a ele quando nos levantamos do banco do metrô para descer na estação. Estávamos voltando de uma viagem que fizemos para a Alemanha e Polônia com alguns amigos dele que moram na Inglaterra.

— Ué, posso, mas você não vai subir?

— Não, tem algo importante que eu preciso fazer – entreguei meu mochilão e me sentei novamente.

— Liam, Liam... Isso não tá me cheirando bem. Seja lá o que é isso que é tão importante, tenta não me ligar desesperado a caminho da delegacia igual a última vez, beleza? – Alex zombou e saiu do vagão.

Assim que as portas se fecharam, fiz os cálculos da próxima estação de metrô e quantos quarteirões eu andaria: eram aproximadamente onze minutos até chegar no prédio que a Sophia morava, o que significava que eu tinha pouquíssimo tempo para montar um discurso e um belíssimo pedido de desculpas para ela. Isso tudo contando meu otimismo, já que eu não sabia se ela sequer atenderia o interfone para mim.

Subir as escadas de estações de metrô sempre traz uma certa ansiedade, já que nem sempre sabemos o que nos espera na superfície. A chuva que caía era torrencial, o que não costuma acontecer em novembro, e antes mesmo de enxergar a rua senti o cheiro e os respingos de água na minha roupa. Por um segundo pensei se não deveria esperar a chuva passar, ir para casa, descansar e depois encontrar a Soph, mas eu já tinha postergado esse momento por sete anos. Não era uma chuvinha boba que me afastaria ainda mais da garota que mudou minha vida.

Eu queria correr até o prédio dela, como se dependesse dela para viver.

Queria ir voando, se isso me fizesse chegar mais rápido e olhar em seus olhos pessoalmente, mas não temos essa tecnologia ainda. Ao mesmo tempo que eu corria, sentia que estava cada vez mais próximo dela, o que me fazia ter vários pequenos surtos internos. Se eu estava quase chegando no prédio dela, tinha cada vez menos tempo de montar meu discurso de desculpas.

Meu Deus, como eu sou patético.

Não importa como peço desculpas, a Sophia nunca vai me perdoar. Ela provavelmente não quer me ver pessoalmente, será que eu deveria mesmo procurá-la? Será que um dia seremos amigos novamente? Eu preciso retomar o contato com ela.

Eu preciso dela.

Depois de correr na chuva, finalmente cheguei ao prédio na Wrightwood Ave, mas não toquei o interfone. Eu sabia o número, mas não tinha coragem. E se ela me odiar para sempre, me xingar pelo interfone e me expulsar daqui? E se ela simplesmente desligar na minha cara quando ouvir meu nome? Será que ela vai reconhecer minha voz?

– Vai entrar? Não deixa o alarme disparar hein, ele é muito alto e atrapalha o quarteirão inteiro – disse a senhora que chegou da rua carregando sacolas de supermercado e abriu o pequeno portão.

Em um momento de impulso, edisse que sim e entrei no edifício. Agora eu já estava dentro do prédio da Sophia e não tinha como dar para trás.

Demorei quase dez minutos, mas finalmente bati na porta do loft 1004.

Vários segundos se passaram, e nenhum movimento lá dentro. E se ela não estiver em casa? Eu peguei uma chuva do cão e invadi um prédio à toa? Não era possível.

Bati novamente. Não custava nada, não é mesmo? Mal podia acreditar que logo quando criei coragem de finalmente procurá-la, eu não conseguiria entrar em contato.

Ainda nenhuma resposta de dentro do apartamento, mas persisti. Bati mais uma vez, de forma mais bruta na porta de ferro, e ouvi um barulho de cadeira sendo arrastada. Eu não sabia como ainda estava vivo, pois meu coração batia tão forte que era possível ouvi-lo a metros de distância.

Será que ela vai ficar brava de me ver? Sophia sempre foi muito tranquila, mas não nos falamos há muitos anos. Nós somos adultos agora, vivemos tantas etapas importantes da vida nos últimos anos que é como se fôssemos outras pessoas completamente diferentes.

Até que ela abriu a porta, interrompendo minhas divagações. Meu Deus, ainda bem que ela me interrompeu.

Sophia estava mais linda do que nunca. Seus cabelos não eram longos como eu lembrava, e estavam um pouco acima do ombro. Ela usava óculos redondos e talvez um pouco grandes demais para seu rosto delicado, o que era uma novidade, porque não me lembro de ela ter problemas de visão. Usava uma calça de algodão cinza, levemente larga em suas pernas, e um suéter de Natal, que me fez rir internamente, pois ainda estávamos no início de novembro.

Nos encaramos por alguns minutos, até achei que ela não me reconheceria porque, além de estar completamente encharcado e com o rosto molhado, eu também estava com os cabelos mais escuros, mais longos, e um projeto de barba malfeita.

– Liam? – ela perguntou. Foi bom saber que sua voz ainda era suave como nas minhas lembranças.

Naquela hora, vendo-a a um metro de distância de mim, todos os planos de discursos e pedidos de desculpas foram por água abaixo. Sophia é definitivamente muita areia para o meu caminhãozinho.

Então vou turbinar esse caminhão para conseguir tê-la comigo.

Teve curiosidade para saber o que aconteceu em Chicago com Sophia, Liam e Wes?

Aguarde o lançamento do segundo volume, **O melhor de mim.**

Obrigada!

Não sei muito bem por onde começar a agradecer. Talvez seja prudente iniciar por você, que chegou até aqui. Palavras nunca serão suficientes para descrever tamanha gratidão que eu tenho por você ter lido meu livro até o fim. Ainda é surreal falar "meu livro", mas espero que aos poucos eu me acostume. E que se torne "meus livros", pois não pretendo parar por aqui.

Escrever *O melhor de nós* foi uma grande montanha russa. Foram oito anos querendo trazer o projeto à realidade, mas pouco estímulo e crença em mim mesma para de fato sentar a bunda na cadeira e escrever. Sempre tive vergonha de me expressar e de colocar minhas palavras na tela de outras pessoas, como se eu precisasse da aprovação de todas elas para algo. E com *O melhor de nós* abri os olhos e entendi que a única permissão que preciso é de mim mesma. Permissão para fazer o que me faz feliz.

Foram tantas pessoas que me apoiaram ao longo dos anos para que eu não desistisse do projeto, que é difícil segurar as lágrimas ao me lembrar de cada uma.

Aos meus amigos do intercâmbio, que viveram loucuras parecidas com as da Sophia e que me aturam até hoje, tantos anos depois de voltar da Alemanha;

Às autoras brasileiras que me inspiram diariamente, em especial à Paula Pimenta, que tive o prazer de encontrar pessoalmente mais de uma vez. A história da Fani em *Fazendo Meu Filme* é um dos motivos da minha paixão por romances e literatura infanto-juvenil;

À minha irmã Carol, por sempre me incentivar com meus projetos malucos (incluindo o intercâmbio!);

Ao Henrique, que, mesmo não sendo fã de literatura, ficção e romance, fez questão de me apoiar e entender meus momentos de silêncio, foco e isolamento dentro de casa, levando a Fifa para passear quando eu precisava de quietude para escrever;

Aos amigos do Twitter, que nunca hesitaram em encorajar que este livro fosse escrito;

A todas as mulheres incríveis que me ajudaram com ideias, sugestões, provocações, revisões, edições, ilustrações e tudo que é preciso para publicar um livro de forma independente,

Um grande, enorme, imenso, colossal, **muito obrigada**.

E como diria Liam Baker: isso é só o início.

VICTORIA CUNHA

editoraletramento
editoraletramento
grupoletramento

editoraletramento.com.br
company/grupoeditorialletramento
contato@editoraletramento.com.br

casadodireito.com   casadodireitoed   casadodireito

Grupo
Editorial
LETRAMENTO